復活への底力

運命を受け入れ、前向きに生きる

出口治明

講談社現代新書
2666

復帰後も笑顔で！

APU学長の校務に復帰できて
本当に嬉しいかぎりです。
脳卒中を発症し、右手右足が動かず、
ほとんど話すこともできない状態でしたが、
電動車いすで自由に移動ができ、
ゆっくりですが話せるようになりました。
「迷ったらやる」の精神で
リハビリを続けています。

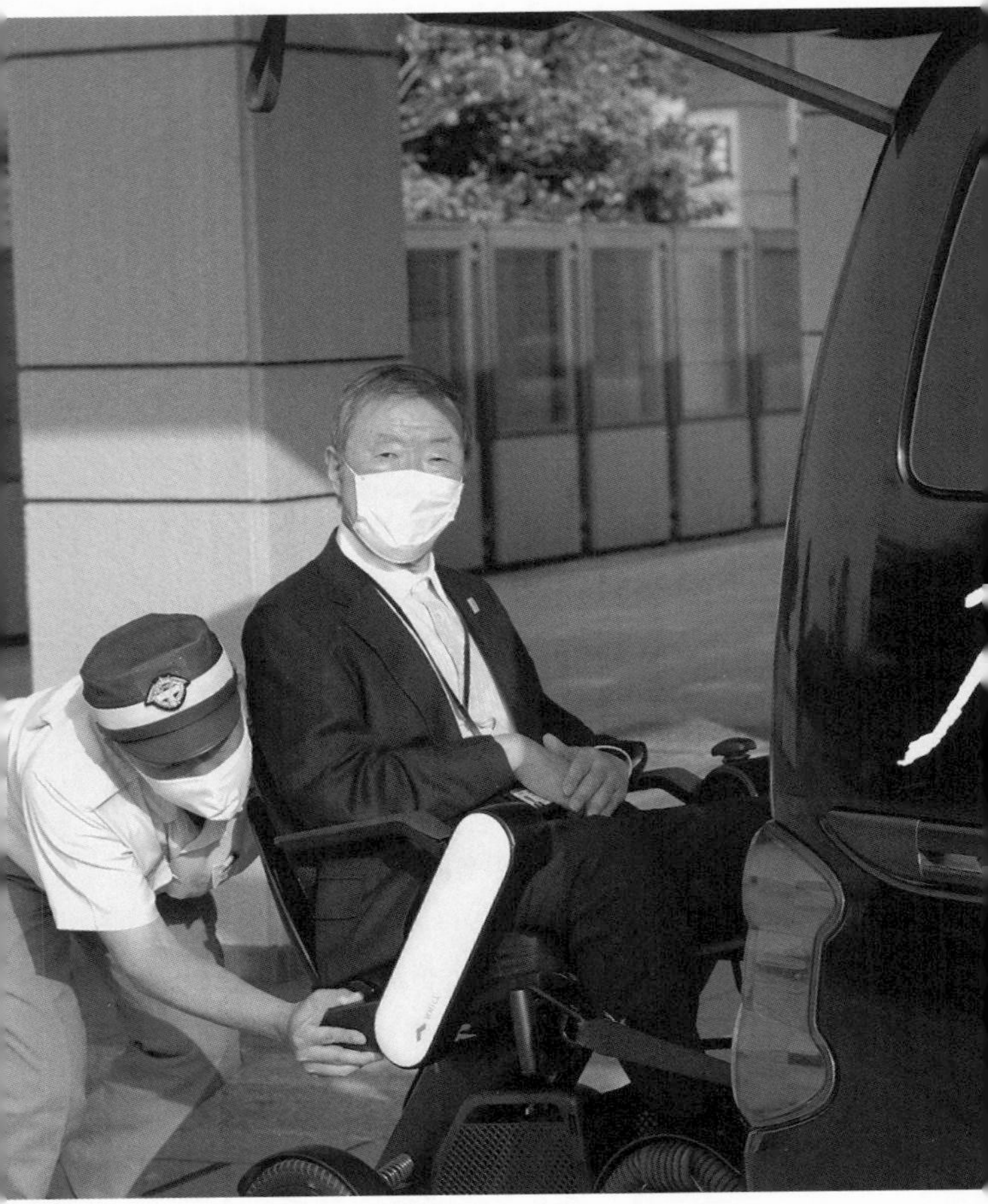

APUと介護サービス付きの住宅との往復は大型のタクシーを利用しています。片道約30分ほどです。運転手の方の助けを借りながらも、こうして自立した生活を送れることが嬉しいです。

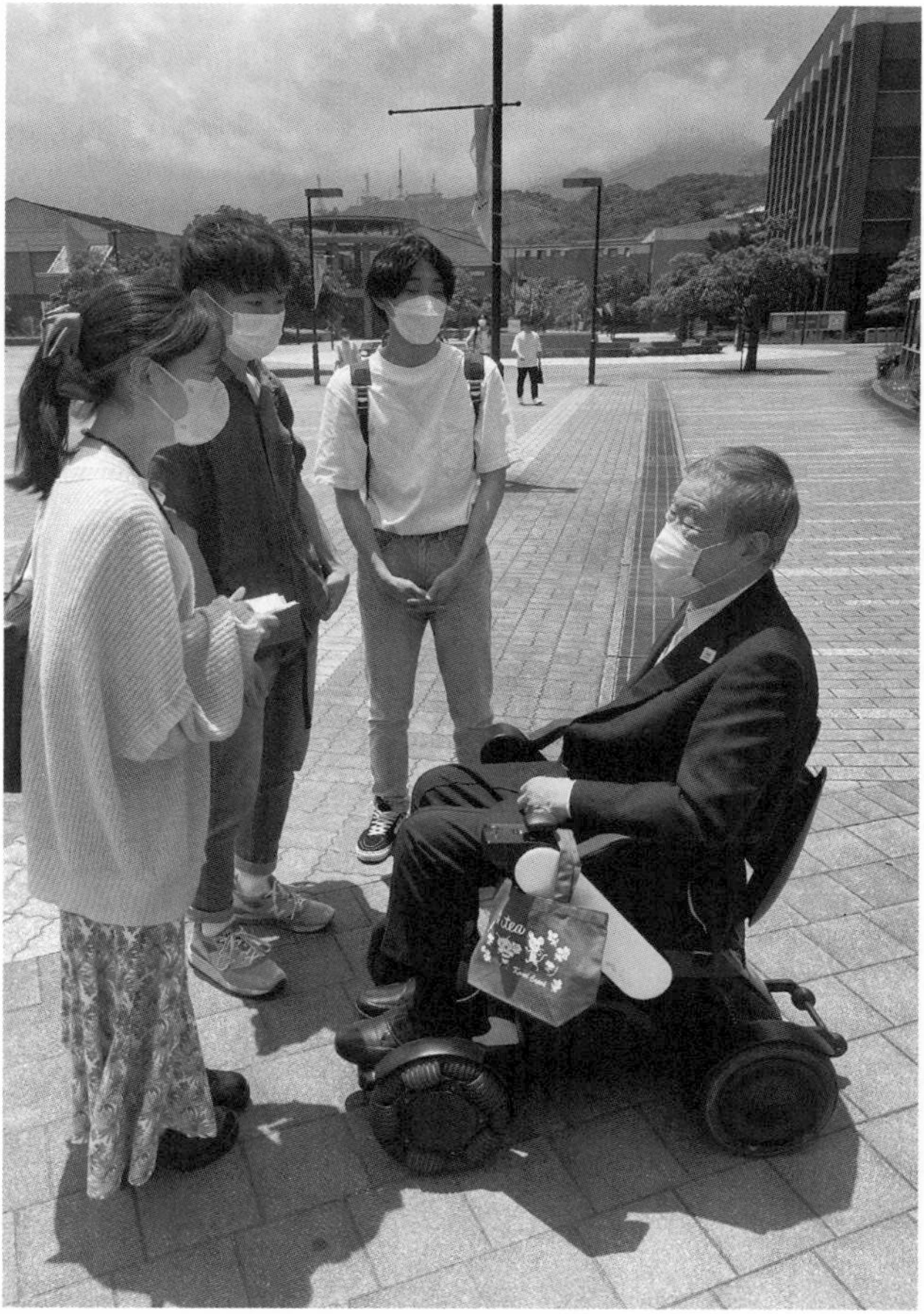

国際学生と国内学生が半数ずつ在籍するAPUです。キャンパスの敷地は広く、学生同士の活動や談笑で賑わっています。今日も学生とコロナ禍の学生間の交流について話し合いました。

目次

第3章 リハビリ開始と折れない心 ——— 61

第4章　言葉を一から取り戻す

第8章　チャレンジは終わらない――191

はじめに ——運命を受け入れ、前向きに生きる

立命館アジア太平洋大学（APU）のある大分県の別府から、故郷の三重に、亡き母の四十九日の法要で新幹線で帰郷するため福岡のホテルに前泊した翌朝、僕は突然発作を起こし、病院に搬送されました。2021年1月9日の朝でした。

倒れた後、しばらくは意識が朦朧として、あまり明確な記憶は残っていません。気が付くと僕は自分の身体の右側が、自分の思い通りに動かせなくなっていました。

思い通りにならなくなったのは、それだけではありません。何も言葉を発することができなくなっていたのです。

医師の診断は左被殻出血《ひだりひかくしゅっけつ》。いわゆる脳卒中や脳出血と言われる病気で、症状と

しては右半身の麻痺と失語症が残りました。また、CT（コンピュータ断層撮影）検査の結果、手術はしない方針が採られました。

脳卒中の後遺症として身体の麻痺はよく知られていると思いますが、失語症はあまりなじみのない人が多いかもしれません。

失語症とは脳の言葉を担う部分に障害が起こり、聞く、話す、読む、書くといった言葉を使った働きがうまくできなくなる状態です。

命に別状はありませんでしたが、僕は発作が起きてからあっという間に右腕右足がまったく動かず、相手が話している内容はある程度理解できても、自分からは意味のある言葉を一つも出せない状態になっていたのです。

しばらく福岡の病院で治療をした後、東京にあるリハビリテーション専門病院に転院し、僕のリハビリ生活はスタートしました。

医師によると、僕と同じくらいの年齢の人が脳出血を発症し、同じくらいのダメージが残ると、復職はあきらめ、退院や、自宅での自立した生活を目指してリハビリを行うのが一般的だそうです。もともと70歳を超えていれば、定年退職し、仕事をせずに暮らしている人も多いでしょう。

しかし僕は、学長への復職を目指したいと、医師とリハビリのスタッフに伝えました。以前と同じように別府へ単身赴任して自立した生活を送り、聴衆の前に立って講演できるくらいになりたいと。

なぜ復職を目指すのか。まだやり残した仕事があったからです。

学長に就任して以来取り組んできた、新しい学部の設立。そして新型コロナウイルスの感染拡大で大きな影響を受けた学生の支援。そして国際学生の入国をサポートし、以前のように多様な学生が対面で交流できるキャンパスを、できるだけ早く取り戻したい——。

悲観的になる必要はない

脳卒中を発症して障害が残ると、患者さんは自分の置かれた状況を正確に把握できず、あるいは状況を受け入れられず、あまり現実的でない希望を持つ場合があります。当初、医師やリハビリスタッフの方たちは、僕にもその可能性があると懸念していたそうです。

そうでなくても僕の負った障害の重さからすると、復職するまでのハードルは非常に高いと考えられていました。目指す目標が高いので、リハビリも一般的な人よりも頑張らなくてはなりません。果たして病気で弱った心身で、それができるのかどうか。

しかし、周囲の人たちの心配とは裏腹に、僕は楽観的でした。言葉の問題や身体の不自由さは、いずれきっとよくなるだろうと。

数字・ファクト・ロジックで考えれば、悲観的になる必要などない。そう考えていたのです。この点については、後で改めて触れたいと思います。

「人生とは何か」といった自問自答をすることも、落ち込んでふさぎ込むこともありませんでした。あくまで復職に向けてリハビリに一所懸命取り組み、復活した姿を皆さんにお見せしたいと思っていました。

何が起こるか予測できない世の中で、どんな事態に直面するかは、『種の起源』で進化論を確立したダーウィンがいっているように運次第であり、人間にできるのは適応だけです。

人間は川の流れに身を任せてたゆたうことしかできない。

ダーウィニストの僕は、以前からずっとそう考えてきました。川の流れに身を任せているうちに、僕はネット生命保険会社の創業を経てＡＰＵの学長に就任し、日々の仕事と生活を送るなかで脳出血を発症し、身体と言葉の障害が残りました。

人生にはどうしようもないことが山ほど起こります。「自分はなんて不幸なんだ、不運なんだ」と嘆いても仕方がありません。

それがわかれば自分の身体に障害が残った事実をありのままに見つめ、その変化に適応するだけのことです。「人生とは何か」などと自問自答する必要はまったくない。

年を取って死の恐怖を感じるのは、わからないでもありません。知人や友人が亡くなっていきますから、どうしても死を意識してしまいます。

しかし年齢別死亡率や平均余命といった統計をみれば、年を取ったら死ぬ確率は年々高まっていくのがわかるでしょう。客観的データに基づけば別に怖がる必要はなく、死は誰にでも訪れる当たり前の自然現象だと思えばよいだけの話です。

何より、人生は楽しまなければ損です。以前と同じようには動けなくなったからといって、落ち込んでいる暇などありません。

実際、脳卒中で麻痺が残ってリハビリに取り組み、復職にチャレンジするプロセスではいままで見えていなかった事柄に気が付いたり、新たに学んだりしたことがたくさんあります。

本書では僕が復職を目指した背景や、自分で経験した復職までの道のりと、その間に気付いたこと、新たに見えてきたことについて記していこうと思います。

障害は社会的な障壁が生み出している

2021年版の『障害者白書』によると、身体障害者の概数は436万人、知的障害者は109万4000人、精神障害者は419万3000人です。複数の障害を併せ持っている人もいるので単純な計算にはなりませんが、国民のおよそ

7・6%が何らかの障害を持っているとされています。皆さんが漠然と思っているよりもずっと多い数字ではないでしょうか。

生物が歳月とともに老い衰えていき、やがて死ぬのはこの世の必然です。一つの例外もありません。どうにもできない自然の摂理に対し、あれこれ悩んでも仕方がありません。

ただ、社会の高齢化が進むと、死ぬまでの間に病気やアクシデントで何らかの障害を持つ人は増える可能性があります。

同時に、障害は社会的な障壁が生み出しているという現実もあります。たとえばバリアフリーが行き届けば車いすで行きたい場所に出かけられるのに、現実の街はバリアだらけで物理的にも心理的にも外出が難しく、自宅に引きこもらざるを得ない人は少なくないと思います。

この問題については、まだ世の中の認識が不十分といわざるを得ません。

病気や障害で悩んでいる方やリハビリに取り組んでいる方、復職しようとしている方はもちろん、高齢化社会の進展で誰もが今後、直面するこれらのテーマに関し、どのように向き合っていくかについて考える機会に本書がなればと願っています。

僕は退院をしてから東京の自宅でリハビリを続け、12月にはテスト的にＡＰＵ東京キャンパスに出勤し始め、22年1月から一部校務復帰しました。そして4月から別府にあるＡＰＵでの勤務を開始し、完全復帰しました。同時に一人暮らしを始めました。

以前と同じように発話するのはまだ難しい状態ですが、ゆっくりとなら少し話すことができます。右半身の麻痺が残っているので、移動には電動車いすを使用して、日々学長としての判断や指示を行い、自立した生活を送っています。

新型コロナ禍の大変な時期に大学を不在にし、関係者の皆さんには多大なご迷惑とご心配をおかけしてしまいました。深くお詫び申し上げます。また、これまで寄せられた多くの温かい励ましのメッセージに、心よりお礼申し上げます。皆さんの応援が、毎日リハビリに取り組む大きな励みとなり、こうして校務復帰に漕ぎ着けることができました。

本書の執筆にあたっては、僕がリハビリ生活を送った原宿リハビリテーション病院の医師、鈴木暁《さとる》さん、理学療法士の樗木《おてき》慎也さん、作業療法士の市來《いちき》里美さん、言語聴覚士の瀬尾沙記江さんに多大なご協力をいただきました。

原稿作成に関しては、講談社現代新書編集部の青木肇編集長、担当編集者の岡部ひとみさん、フリーランスライターの宮内健さんに僕へのインタビューをベースとして、さまざまなメディアや講演でこれまでに僕が行った発言や、関連する資料の収集・整理、原宿リハビリテーション病院のスタッフへの取材などを行ってもらい、取りまとめていただきました。

本書の制作に関わってくれた皆さん、本当にありがとうございます。

読者の皆さんの忌憚《きたん》のないご意見をお待ちしています。(宛先メールアドレス hal.deguchi.d.@gmail.com)

2022年6月

立命館アジア太平洋大学学長　出口治明

【参考文献・資料】

加藤正弘／小嶋知幸監修『失語症のすべてがわかる本』講談社
出口治明『ここにしかない大学　ＡＰＵ学長日記』日経ＢＰ
内閣府『２０２１年版　障害者白書』
https://www8.cao.go.jp/shougai/whitepaper/r03hakusho/zenbun/index-w.html
ＡＰＵ学長ノート「復帰にあたりいつも応援してくださる皆さんへ」
https://www.apu.ac.jp/home/notes/article/?storyid=112

第１章

突然の発症から
転院へ

脳卒中で倒れる

僕は1948年、三重県の美杉村下多気《みすぎむらしもたげ》で生まれました。美杉村はその後の市町村合併で、現在は津市になっています。

多気には南北朝時代の南朝を支え、後に織田信長と争う北畠氏の城館があり、いまは北畠神社になっています。生家の近くには雲出川《くもず》という清流が流れていました。

物心がついてからは、松尾芭蕉の故郷としてまた忍者の里として有名な三重県上野市で育ち、上野高校を卒業するまではここで生活を送りました。上野市も現在は合併で伊賀市になっています。

僕が住んでいたところは、周囲に家が5軒ほどしかない田舎でした。自然豊かな野山を駆け回り、カブトムシをとったり、セミをとったりする幼少時代を過ごしてきたので、大人になってからも木に止まっているセミをみると自然に手が伸びて、素手で捕まえてしまう癖が直りません。捕まえても、すぐ自然に戻すのですが。

2021年1月9日、僕はこの故郷に帰る予定でいました。前年に母が亡くなり、四十九日の法要を伊賀市のお寺で営むためです。母は99歳だったので、大往生でした。

僕は家族を東京に置いて、単身赴任で立命館アジア太平洋大学（APU）のある、大分県の別府に住んでいます。別府から伊賀に向かうため、僕は福岡に前泊しました。朝の新幹線で移動するつもりでいたのです。

発作が起きたのは、まさに四十九日を営む当日でした。時間は朝の7時くらいだったと思います。

自分で救急車をお願いし、一つ目の病院は満床のため、二つ目の病院に運ばれました。それが天神にある福岡県済生会福岡総合病院でした。

生まれてはじめての入院、ICU（集中治療室）入りでしたが、このときはそれほど大事になるとは思っていませんでした。なんとなく、「1週間ぐらいの入院になるんだろうな」と考えていました。死ぬのだろうか、という感覚もありませんでした。

その夜、妻が取るものも取りあえず東京から駆けつけてくれました。ふと意識が晴れたとき、僕をじっと見つめ、しっかりと「お帰りなさい」と声を掛けてくれたことは、心に残っています。一生忘れられない言葉です。

とはいえ、倒れた前後のことは、気を失い、ずっとうつらうつらしていたので、あまりはっきりとした記憶が残っていません。

ただ、気が付くと僕は自分の右半身が思い通りに動かせず、さらには、話すことができなくなっていました。相手の言っていることは理解できても、自分は意味のある言葉をまったく発せなくなりました。

医師による診断は左被殻出血。脳卒中、脳出血といわれる病気です。症状としては意識障害や右半身の麻痺、失語が出ました。

脳出血で重症の場合、脳の内圧が高まる脳圧亢進が起き、生命が脅かされる状態になることもあります。内圧を下げる手術が必要ですが、それはせずに済みました。

ギリシア神話の夢を見る

発症後、1ヵ月くらいの間はうつらうつらした状態であることが多く、あまりはっきりとした記憶も残っていませんが、さまざまな夢を見ました。それはたとえば、ギリシア神話の世界でした。

オリュムポスの峯々から、また天の高みから、ゼウスは雷や電光を投げつけた。疲れを知らぬ腕から、次々に雷を落し、大気は騒音と怒気に引き裂かれた。豊かな大地は身振いして燃え上り、広大な森は焰をあげ、あらゆるものが溶け、沸騰した。大河オーケアノスも、果てしない海も、大地全体も。息をつまらせる霧と燃えたつ大気が、地獄の悪鬼のようなティーターン族の周囲に立ちのぼり、彼らの勇敢な目差《まなざ》しは、電光のきらめきで視力を失った。この火はカオスにまでとどき、耳目のとどくかぎり天地は逆転し、大地は底から揺れ、天空はその高みから崩れ落ちるかのようであった。神々の闘争による大騒動はこのように激しいものであった。ティーターン族は、誇り高く勇気に溢れていたものの、ついには敗北し、鎖につながれ、大地の深淵に投げ込まれた。そこは、大地の表面からさらに天と地の間ほど深いところであった。

（フェリックス・ギラン『ギリシア神話』青土社）

これはゼウス率いるオリュンポスの神々と、ゼウスの父であるクロノス率いる巨神族（ティーターン族）との10年以上にわたる戦い、ティーターノマキアーの場面です。大地や神々が行う人間のような愛憎劇が描かれています。

なぜか、そんな現実離れした夢をたくさん見たことをおぼえています。漠然とですが、ギリシア哲学にも思いを馳せたと記憶しています。起きている時間に、ふと「汝自身を知れ」というソクラテスの言葉が心に湧いたのです。僕自身は脳卒中を発症しても、自分の症状をリアルに捉え、治療していこうと前向きでした。発症前と思考法に変化はありませんでした。

ギリシアの哲学者ソクラテスが、外面の世界から人間の内面の世界へと思索の方向を深め、生きることの意味を問いかけたことは御存じの方も多いと思います。僕も世界史の著作では「知の爆発」（B．C．500年頃から世界各地で多くの哲学者・思想家・宗教家・芸術家が生まれた）の時代に関して、インド、中国とともにギリシアを取り上げました。

僕はソクラテスに対する実像と虚像のことについても発言をしてきました。長く西洋でも日本でも、ソクラテスは常人とは隔絶された偉大な人物と認識されていました。けれどもソクラテスをどのように評価するかは実は難しい問題です。日本では、プラトンがつくりあげたソクラテス像に惑わされている傾向があるのではないかと僕は考えています。

そして世界史や哲学の講演をした日々のことを思い出しました。世界を理解しようと僕の講演会に参加して下さった方々の真剣な眼差し、真摯な質問が忘れられないのです。まさに「人」との触れあい、生きている充足感です。また講演をしたいと強く思いました。ソクラテスに関してより多くのことを知りたい方には、納富信留著『哲学の誕生――ソクラテスとは何者か』（ちくま学芸文庫）をお薦めします。

脳卒中とはどんな病気か？

僕が患った脳出血を含む、脳の血管に障害が起きて生じる病気は一般に脳卒中と総称されています。

脳卒中は脳の血管が詰まるタイプと、脳の血管が破れるタイプがあります。前者が脳梗塞、後者には脳内の細かい血管が破れて出血する脳出血と、脳の表面の血管にできたコブが破れるくも膜下出血があります。

血管が詰まるにせよ出血するにせよ、脳がダメージを受けるのは共通していま す。僕がなったのは脳出血で、脳卒中の19・5％を占めます。なお、脳梗塞は76・1％、くも膜下出血は4・5％です。

脳卒中を発症するリスク因子としては、高血圧や糖尿病、脂質異常症、肥満、喫煙などがあります。

自分に心当たりがあるのは、高血圧です。3年ほど前に高血圧と診断され、降圧薬の服用を継続していました。

もともと僕は医者嫌いで、以前は職場の決まりで受けなければならない健康診断を、年に1回受けるだけでした。ついでに人間ドックを受ける人も多いですが、最小限の検査しか受けていません。

健康法の類も何ひとつせず、APUに来てからは忙しいので運動はまったくしていません。お腹が空いたらご飯を食べて、眠たくなったら眠るだけ。そんな生活を70年以上続けながら、脳卒中を起こすまで病院に入院したことは一度もありませんでした。

医師からは「毎日血圧を測るように」と指導されていましたが、つい面倒くささが先に立って測定を1日サボり、2日サ

脳卒中を発症する２年前の僕です。ＡＰＵの学長職が忙しく、運動と言えば歩くことだけでした。健康には自信があったのですが……。

ボり、1週間サボり、ずっとサボり……、という褒められたものではない状態でした。

付け加えると、多忙だったのは間違いありません。数えてみると、2019年は年間322日働いていました。大学のためになる仕事ならどんどんスケジュールを入れてもらっていたからです。

さらに2020年以降は、新型コロナ対応の仕事が増えました。とくに留学生の再入国問題は大学だけでは何もできないので、留学生を守るには政府、県庁、市役所にそれぞれ相談して助けを求める必要があったのです。政府の審議会の委員を務めていたので、首相官邸で直訴もしました。

僕が脳出血を発症したのは、こうした状況のなかでのことでした。

話せない、動けない……

一般に、脳卒中に伴う症状としては、片側の手足の麻痺やつっぱり、水や食べ物を飲み込むときに口からこぼれたり、食べ物が肺に入ってしまったりする嚥下《えんげ》障害、言葉を話す・聞く・読む・書くことが難しくなる言語障害、記憶力や注意力の低下といったさまざまな症状が出る高次脳機能障害などがあります。

どのような症状が現れるかは、脳のどの部分がどの程度、ダメージを受けたかによって変わります。脳はそれぞれの部分が異なる働きを受け持っているからです。個人差が大きい病気といえます。

僕の場合は意識障害と右の手足の麻痺、そして話せないことでした。これは脳出血が起こった場所が、左脳だったためです。

大脳は前頭葉、頭頂葉、側頭葉、後頭葉といった葉に区分けされ、それぞれの皮質にはいくつかの「野《や》」があります。運動野や言語野といった用語は聞いたことがあるのではないでしょうか。各野にはさまざまな機能があり、それぞれが連携して機能します。

各野から出た指令は神経線維を通り抹消に伝達されます。その経路として有名なのが運動路や感覚路で、どちらも経路の途中で反対側に交差するため、脳で障害が起こると症状は反対側に生じます。また、右利きの人の大半は、左脳に言語野があります。

左脳の脳出血で右の手足の麻痺と言葉の障害が起こったのはこのためで、医師によると脳内の言葉や運動、感覚が交差するコントロールセンターのような部位の半分がダメージを受けたそうです。

そのため、医師の観察でも僕はとにかくしゃべれず、運動麻痺が強かった。自覚症状としては、身体が重かった。いっそ、身体の一部を捨ててしまいたくなるくらいの感覚です。

言葉を話せないのは、自分の伝えたいことを伝えられず、非常にもどかしい思いをしました。たとえばトイレに行きたくても看護師にうまく伝えられず、間に合わない事態も起こるわけです。オムツをしているのですが、便意をもよおしても自分の思うように伝えられないということが哀しくなったことも事実です。ただリハビリを続けているとそういうことも少なくなり、人間の適応力はたいしたもんだなあと学びました。

リハビリ専門病院へ転院

脳卒中になった人の主な経過は、次の3段階に分けられます。

①発症直後の治療の段階
急性期：発症からおよそ1―2週以内
亜急性期：発症からおよそ1―2ヵ月以内
②機能回復のためにリハビリテーションを受ける段階
回復期：発症からおよそ3―6ヵ月以内
③日常生活に戻る段階
生活期：発症からおよそ6ヵ月以降

（厚生労働省「脳卒中の治療と仕事の両立お役立ちノート」）

以上は一般的な経過を整理したものです。一人ひとりの患者によって症状は異なるので、具体的な治療内容やスケジュールは患者それぞれで変わってきます。

経過によって、入院や通院をする医療機関が変わる場合もあります。症状が非常に軽ければ、発症直後の治療を終えて退院可能となることもありますが、専門的なリハビリが必要な場合は、リハビリ専門の病院に転院するケースが多くなります。

日常生活や職場に復帰するためには、発症後、早期からのリハビリが重要で、過度の安静や日常活動の制限はむしろ回復の妨げになってしまいます。筋力の低下や関節の拘縮《こうしゅく》など、廃用症候群とよばれる症状を引き起こすからです。

右半身の麻痺と言葉が出なくなった僕には、専門的なリハビリが不可欠でした。福岡の病院の医師からも、リハビリ専門病院への転院を強く勧められました。

また、日本の医療制度では脳血管疾患の患者がリハビリ専門の病院に転院する場合、発症または手術から2ヵ月以内に転院することと決められています。脳血管疾患の患者がリハビリ専門病院で入院可能な日数も最大150日〜180日と決められています。

やはり専門ではない病院では、どうしても受けられるリハビリに限界があります。制度上の制限も考えると、できるだけ早く転院したほうがよいでしょう。

僕は両手を上げて転院に賛成しました。両手を上げてといっても僕の右手は上がらないので、あくまで気持ちの上での話なのですが。

転院先は、妻が知人に尋ねたりネットで調べたりと、熱心に動いて探してくれ、東京の原宿にある原宿リハビリテーション病院に決まりました。このことについても妻に感謝をしています。

【参考文献・資料】

ライフネット生命保険株式会社創業者　デグチがWatch「わが足三重のまかりなして、いと疲れたり」
http://blog.livedoor.jp/deguchiharuaki/archives/45907724.html

永田泉監修　波多野武人／平田雅彦編集『やさしくわかる脳卒中』照林社

藤本司『「脳卒中」と言われたら…』22世紀アート

フェリックス・ギラン　中島健訳『ギリシア神話』青土社

トマス・ブルフィンチ　大久保博訳『完訳　ギリシア・ローマ神話　上下合本版』ＫＡＤＯＫＡＷＡ

厚生労働省「脳卒中の治療と仕事の両立お役立ちノート」
https://www.mhlw.go.jp/content/000750637.pdf

厚生労働省「事業場における治療と仕事の両立支援のためのガイドライン」
https://www.mhlw.go.jp/content/11200000/000912019.pdf

第 2 章

僕が復職を目指した理由

リハビリで学長への復職を目指す

原宿リハビリテーション病院に転院したのは、2月12日です。発症してからおよそ1ヵ月が経過していました。福岡から東京には飛行機で移動しました。移動時間が最も短くてすみ、病気やけがをしている乗客へのサポートもあるからです。

この頃の僕の状態は、脳に関する所見は落ち着いて経過していました。右の手足の麻痺は相変わらずでしたが、起き上がることと座ることはできました。左の足を使って立ち上がることもなんとかできましたが、一人で歩行はできない状態で、病院内の移動には介助が必要でした。

言葉については「はい」くらいしか言えず、あとは「あー」といった言葉くらいで、意味のある言葉はほぼ出せない状態でした。文字を書くのも利き手が麻痺していることもあり、まだ難しかった。

意志の疎通はイエス・ノーで答えられる質問をしてもらって、うなずきや「はい」で回答するという形でした。それも、リハビリを担当していただいた理学療法士の樗木《おてき》慎也さんによると「当初は半分が正解、半分は外れ」のレベルでした。

70歳を超えて僕のように重度の障害が出た人は、介護施設で過ごすか家庭での生活に戻るかを考え、家庭への復帰を目指してリハビリに取り組むのが一般的です。職場への復帰を望む人があまりいないようです。もともとすでに定年退職し、リタイアしている人が多いからでしょう。

しかし、僕は学長の仕事に復帰したいと強く望みました。だからリハビリ専門病院への転院にあたっては、将来的な目標として「講演できるようになりたい」「一人で生活できるようにしたい」と伝えました。

これらの目標はたとえであって、要するに、復職するにはそうしたことができるようになる必要がある、という話です。

今だからこそ言えるのですが、リハビリ中はなぜか僕の青春、学生時代のことを思い出しました。

僕が大学2年生だった時、校舎の壁には「この門をくぐる者は一切の希望を捨てよ」と書かれていました。ダンテの『神曲・地獄篇』の一文です。学生運動が盛んだった時代です。度肝を抜かれると同時に、「しかし、この世のリアルとはまさにそういうものではないだろうか」と思いました。ここでいう「希望」は「幻想」と言い換えてもいいかもしれません。この言葉を思い返すたびに「人生を、世の中を、リアルにみろ」と言われているような気がしたものです。そうした視点を獲得するために欠かせないのが「知識」だということです。私たちは学び続け、知識を獲得することで、思い込みの世界から脱することができるのです。

ダンテの『神曲・地獄篇』では人間の毒の部分がしっかりと書かれているからこそ、最高に面白いのです。脳卒中を経験した僕は、あえて人間の毒だけではなく予想もしなかった障害という人生の毒も受け入れようと決意し、そのうえで知識の大切さを再認識しました。勉学の場に戻ろうと……。

脳卒中で右半身の麻痺と言葉の障害が残り、食事やお手洗いへ行くのも介助が必要で、自立した生活もできない状態だった僕が、なぜ復職を目指したのか。それを具体的に説明するには、まず立命館アジア太平洋大学（APU）がどのような大学であるかについてと、新型コロナ禍で受けたダメージ、及び僕の役割について触れなければなりません。

多様な学生を「交ぜる」APUの教育

古来より温泉で知られる大分県別府市の十文字原《じゅうもんじばる》という山の上に、APUのキャンパスはあります。

キャンパスからは別府湾と別府市街、温泉街が一望でき、その向こうには太平洋が広がっています。別府の市街地まではバスで40分以上かかり、学生はキャンパス周辺を「天空」、親しみを込めて市街地を「下界」と呼んでいるようです。

はじめてAPUに来た人がまず驚くのが、留学生の多さです。

APUには2022年5月1日時点で大学院生を含め5643人が在籍し、そのうち留学生が2567人。学生の約45％が海外からやってきているのです。学生の出身地も94ヵ国・地域にのぼります。

ですから、キャンパスの風景はまさに「若者の国連」「小さな地球」です。僕も情報としては事前に知っていましたが、はじめてAPUを訪れた時、いざ目の前の光景として見ると、その多様性に圧倒されました。

従来の日本の大学にはなかった多文化と多言語の環境は、「日本初の本格的な国際大学を創設する」という構想に基づいて築かれてきました。

単純に英語の授業を増やして日本の学生の語学力や国際性を高めるのではなく、学生の約半分を留学生とし、さまざまな国の出身者と日本人学生が交ざって勉強し、一緒にキャンパスライフを送る。つまり、APUは多様な国の学生たちが日本で学ぶグローバル大学であり、日本の学生に対しては、日本にいながら海外留学しているような教育環境を実現しているのです。

たとえば、APUに入学した留学生は、原則として全員が寮に入ります。一部の居室は2人1組で使うシェアタイプで、日本人と留学生の組み合わせで生活します。留学生は英語入試で入ってくるケースがほとんどなので、入学した時点では日本語を話せないほうがスタンダードです。

お互いに言葉があまり通じない、育った環境や文化が異なる若者同士が1年間、同じ寮で生活を送れば、これ以上ない異文化交流、多文化共生の機会となるでしょう。

僕自身がリハビリ中に、彼らと共に語り笑いあった時間を思い出し、どれだけ励まされたことでしょう。

唯一無二のダイバーシティ環境

こうしたAPUのダイバーシティ環境に注目が集まっていますが、簡単に真似できるものではありません。

学生だけでなく、教員も約半数が外国籍で、その出身国・地域の数は20を超え、日本人教員も海外の大学で学位を取得した人が過半数を占めています。大学の運営にあたる職員は、TOEIC800点以上が2022年5月時点で66・7%です。

日本人の学生も、九州出身者はおよそ3割しかいません。3分の2が東京や大阪などの大都市を含む他のエリア出身で、たくさん大学のある地域からわざわざ別府の「天空」にある大学に来ているのですから、相当尖っている学生ばかりです。

日本中から、世界中から尖った人材を集め、交ぜる。ＡＰＵではこのような教育を行っているのです。

バブル崩壊後の日本経済の低迷は、ＧＡＦＡやその予備軍であるユニコーン企業（企業評価額が10億ドル以上の非上場ベンチャー企業）を生み出せなかったことにあると僕は考えています。

日本は製造業の工場モデルに過剰適応してしまい、素直で我慢強く、協調性があって空気の読める、上司の言うことをよく聞く人が重視されてきました。しかしそうした人たちが集まったところで、面白いアイデアが出てくるはずもありません。

一方、ＧＡＦＡやユニコーン企業を見ると、創業チームはダイバーシティがあり、かつ高学歴な人たちの組み合わせが多い。もしくはヒッピーだった故スティーブ・ジョブズのような、強烈な個性の持ち主です。

こういう人たちがワイワイガヤガヤ議論していくなかで新しいアイデアが生まれ、それが実行に移されてユニコーンは誕生します。

ＡＰＵは日本で最もダイバーシティ豊かな大学です。ということは、日本で最もイノベーションが生まれやすい場でもあるといえます。起業家や社会起業家を輩出するには最高の環境といえるはずで、実際にいまＡＰＵが把握しているだけで、１２３名の卒業生がすでに起業しています。

僕が学長に就任した直後の18年8月には「ＡＰＵ起業部」をつくり、学生起業家の輩出にも力を入れはじめました。ＡＰＵ起業部の一期生は12ヵ国・地域出身の32組46名、二期生は11ヵ国・地域出身の30組43名が参加し、僕を含めた7人のメンターが支援する体制です。

これからの社会を担う世界の若者に対し、ＡＰＵが貴重な学びの機会と環境を提供していると、僕は誇りをもっています。

コロナ禍で留学生が入国できない！

しかし、世界中から尖った学生を集め、交ぜるという貴重な多文化共生の教育環境をつくってきたＡＰＵは、国際化が一番進んだ大学であるが故に、２０２０

年からはじまった新型コロナウイルスの感染拡大に大きな影響を受けてしまいました。

パンデミックはいつでも起こり得る自然現象です。歴史を見ればいずれ収束しますが、ワクチンや治療薬ができるまでの間は、ステイホームするしかありません。20年3月に予定されていた卒業式、および4月の入学式は、2月20日の段階で中止と判断せざるを得ませんでした。

APUの学生の約95%は大分県外の日本各地、そして世界各地から集まっています。毎年の卒業式と入学式には対象の学生だけではなく、国内外から多くのご家族や友人、先輩など、例年は約2000人が駆け付けます。

これほど大勢の人が日本各地、世界各地から移動し、一堂に会する式典の開催は感染のリスクを高めると想定されるため、学生とその家族、地域の方々の健康と安全を第一に考え、断腸の思いで大事を取ったのです。

卒業式と入学式の中止を決定したのはAPUが一番早く、オンライン授業の導入を決定したのも一番早かったと思います。

また、パンデミックにともない外国人の入国制限が実施されたことにより、留学生が来日できない事態が生じました。APUは学生のおよそ半数が留学生で、前述したように最初の1年は全員が入寮し、さまざまな出身国の学生同士を交ぜる教育を行っていますから、一般的な大学よりも影響はずっと大きかったのです。

20年9月の段階で、留学生約2900人のうち、1000人を超える学生が日本に入国できていませんでした。うち600人強が春休みに帰国した学生、400人強が新入生でした。

さらには、APUでは交換留学をはじめ異文化体験プログラムなど在学中に8割の学生が海外体験をします。これができなくなった点でも、入出国の制限は大きなダメージとなりました。

幸いパンデミックにおいても一定の落ち着きが見られ、毎日2万人の入国が認められそうです(22年5月時点)。

復職して学生支援に尽力したい

新型コロナ禍がもたらした別の大きな問題が、学生の経済的な困窮です。学費を負担している親の収入が急変したり、別府にやって来る観光客の減少で学生本人のアルバイト収入がなくなったりして、経済的に困窮する学生が増えたのです。母国の銀行がロックダウンで閉鎖され、親からの仕送りもままならない留学生もいました。

学生にアンケートを行ったところ、留学生の83・6％、国内学生の50・1％が新型コロナ禍で家族の収入が「大きく減少」、または「減少」と回答しています（2020年10月実施）。

具体例でいうと、僕の在室中は誰にでもオープンにしている学長室にある日、インドネシアからの留学生が訪ねてきました。

「学費の支払期限を延長してもらえないでしょうか」

新型コロナの影響で彼女はアルバイトの仕事がなくなり、収入もゼロになっていました。その後、新しい仕事を見つけたものの収入は以前の水準にはまったく及ばず、苦境に追い込まれてしまったのです。

この場面はＮＨＫの番組で取り上げられ、彼女はテレビの取材にこう語っています。

「一番心配なのは学費なんです。学費を払えれば毎日美味しいご飯はいらないので。いつもお祈りするときは学費を払えるように、ＡＰＵを卒業できるよう願っています」

当面の対応として僕はその場でＡＰＵの事務局に行き、緊急時の対応ができないかを検討して報告するよう求めるとともに、この留学生にスチューデントオフィスのスタッフを紹介し、「相談にのってあげてほしい」と伝えました。

これほど切羽詰まっている学生がいる事態は非常に深刻でした。

ＡＰＵの母体である立命館学園は総額25億円の支援枠を設けて、一律３万円を全学生に給付したほか、既存の奨学金の拡充など、できる限りの手を打っていきました。

大学だけでできることは限られているので、大学のＯＢや地域の人たちからの寄付で、学生へ直接的に食料品を届ける活動を行う一方、大分県と別府市に働きかけて、特別奨学金やアルバイトのあっせんをしてもらい、政府にも同様の働きかけをしました。

本書を執筆している22年5月時点では、徐々に入国制限は緩和されていますが、まだ入国できていない留学生たちがいます。

是永《これなが》駿《しゅん》前学長は「APU2030ビジョン」を策定し、APUが目指す将来像を「APUは世界に誇れるグローバル・ラーニング・コミュニティを構築し、そこで学んだ人たちが世界を変える」と提示しました。

新型コロナ禍でダメージを受けた多文化共生キャンパスをできるだけ早く元の姿に戻し、かつAPUの学生たちが学びを継続できるようさまざまな支援をしなければなりません。

リチャード・ドーキンスは『利己的な遺伝子』(日高敏隆他訳・紀伊國屋書店)の中で「ウィルスを人間はコントロールできません。それでも人間は思いやることができます」、そして「パンデミックは自然現象です。必ず終わります。英知を絞って犠牲を最小限にとどめましょう」とも述べています。「人間の思いやり」と「英知を絞る」――僕はこの言葉をリハビリ中も絶えず思い出していました。

世界を変えるチェンジメーカーを輩出する、日本で唯一無二のAPUの教育環境を維持、発展させていくために、僕はできる限り早く復職して、全力を尽くしたいと思いました。

「第2の開学」を軌道に乗せる

実は、僕が復職を目指した大きな理由が、新学部の開設です。

APUは2000年の開学以来、アジア太平洋学部と国際経営学部の2学部体制で運営してきました。

開学20周年にあたる20年を目指して、APUでは17年から新学部構想の検討を始めました。新しい学問分野にチャレンジし、教育領域を広げ、かつ深化させるフェーズに入ったと判断したのです。

僕は学長に就任した18年にこの構想を引き継ぎ、学長直属プロジェクトとして将来構想検討委員会を立ち上げ、持続的な地域開発や観光について学べる学部について検討を重ねてきました。

そしてAPUは21年11月、「サステイナビリティ観光学部（予定）を2023年4月に開設する」と正式に発表しました。そこに至る途中で僕は脳卒中を発症してしまいましたが、新学部を軌道に乗せるのは、言い出し始めた自分の責務であると考えています。

なぜ観光系の学部かというと、国や九州、大分県が協力してインバウンド誘致に取り組んでいるという「天の時」、APUが温泉地である別府にあるという「地の利」、そして地元の皆さんが喜んで支援してくださっているという「人の和」が揃っているからです。

観光系の学部と聞くと「卒業したら旅行会社に就職する」イメージを持つ人もいるかもしれませんが、必ずしもそうではありません。

これからの観光はハコモノの建設に頼るのではなく、地域の特色ある生活体験を共に楽しむことが主軸となるはずです。つまり、持続可能な地域開発が観光そのものであり、持続可能な観光が地域開発そのものになるのです。

APUの新しい学部は、アジアをはじめ世界の人々にも喜ばれることになると思います。アジア各国はインバウンド施策に力を入れ、リゾート開発などで人を集めようとしているからです。しかも、それらの国々から学びに来た学生が、APUにはたくさんいます。

APUで地域開発学や観光学を学んだ学生たちが卒業後、母国のインバウンド施策で活躍する。そんな未来を想像すると僕自身、とても胸が高鳴ります。

僕はなんとしても、この未来像の実現に貢献したいと思っています。「第2の開学」です。

リハビリ中も、僕は「つねに勉強を忘れず、自分の体を知り、しっかりコントロールし続ける。このようにI'm readyの状態にしておけば、自分にいい流れがきたなと感じた時、全力で走ることができる。そして、運命が微笑んでくれたら、見事に、チャンスをつかむことができるはず」と学生に伝えたい、そのような思いで日々トレーニングをしていました。

最後に悔いが残らない

もともと実業畑の出身で、修士号や博士号を持っていない僕がAPUで働くことになったのには、運が大きく絡んでいました。

APUのユニークさは学長候補者選出でも発揮されており、国内の大学では珍しい国際公募による選出が、18年1月任期開始の学長選任から実施されました。

生命保険の分野でキャリアを積み、教育分野とは関わりのなかった僕がAPUの学長に就任したのは、この国際公募によるものです。

とはいえ、自ら転身を希望したわけではありません。ライフネット生命の会長を退任したタイミングで学長国際公募が実施され、104名の候補者の一人として人材紹介会社から他薦で推挙され、なぜか必須の条件であるドクター（博士号保持者）でもなく、英語に堪能でもなく、大学の管理職経験もない僕が選ばれたのです。

人生は川のように流れていきます。今回はたまたまAPUに流れ着いたので、流れ着いた以上はあきらめて、精一杯力を尽くそう。そんな気持ちで、必死になって仕事に取り組んできました。

僕の1期目の3年間で、重要業績評価指標（KPI）の一つである国内学生の志願者数は19年度に5236人となり、過去最多を更新しました。高校生や保護者から、より選んでもらえるようになったといえます。

英教育専門誌タイムズ・ハイヤー・エデュケーションの「世界大学ランキング日本版2022」では、全国の私立大学で5年連続5位、西日本の私大で1位となりました。きちんと数字で評価されるのは、非常にうれしいことです。

また、『大学ランキング2022（AERAムック）』（朝日新聞出版）の大学の学長が評価する「注目の学長」ランキングでは、僕が1位に選ばれました。

APUは地方に立地する大学のため、首都圏ではどんな尖った取り組みをしているかについて、あまり認知されていないのが大きな課題の一つです。そこにたまたま僕が流れ着いたことにより、まだまだ不十分とはいえ、課題の克服に向けて歩みを進められたと自負しています。

僕は20年に2回目となるAPU学長国際公募に応募し、再任が決定しました。期間は21年1月から23年12月までになります。

前回は他薦でしたが、2回目は自薦です。新型コロナ禍によるさまざまな問題への対応に加え、新学部の創設を言い出しておきながら中途半端な時期に辞めるのは無責任であると考えたからです。

そして2期目がはじまって間もなく、僕は脳卒中で倒れ、障害が残りました。しかし、だからこそ、復帰してAPUと学生のため、ひいては社会のためにできることがあると信じています。

人間は最後に悔いが残らないことが一番幸福なのだと思います。

愚痴を言ったり、人を羨ましく思ったり、人に良く思われたいなどと考えることがなくなり、自分の精神をコントロールすることができるようになるはずです。そのとき、人間ははじめて健康で健全になるのではないでしょうか。

【参考文献・資料】

立命館アジア太平洋大学　国・地域別の学生数（２０２２年5月1日付）
https://www.apu.ac.jp/home/about/content250/220501_Student_Enrollment_by_CountryRegion.pdf
ＡＰＵ誕生物語編集委員会『立命館アジア太平洋大学誕生物語』中央公論新社
https://www.apu.ac.jp/home/uploads/fckeditor/aboutAPU/publicity/APU_Story_200601_J.pdf
日経ＢＰ「立命館アジア太平洋大学　ＡＰＵは、どうやって生まれたのか？」
https://special.nikkeibp.co.jp/as/201501/apu/vol1_p1.html
立命館アジア太平洋大学『大学職員の「働き方改革」』
https://www.apu.ac.jp/home/notes/article/?storyid=109
出口治明「日本人が起業を避けてサラリーマンを続ける根本原因」プレジデントオンライン
https://president.jp/articles/-/40331?page=1
毎日新聞「コロナで変わる世界〈教育編　インタビュー②〉出口治明氏が説く歴史に学ぶ重要性　『今はステイホームを』」毎日新聞２０２０年12月5日
https://mainichi.jp/articles/20201204/k00/00m/040/191000c
ＮＨＫ　ＷＯＲＬＤ－ＪＡＰＡＮ「放弃的力量」
https://www3.nhk.or.jp/nhkworld/zh/ondemand/video/5003163/
立命館アジア太平洋大学「２０２０年度　コロナ禍における学生実態について　～学生アンケート結果～」
https://www.apu.ac.jp/home/about/content255/
立命館アジア太平洋大学「3年連続！　西日本私大トップ　全国私大5位　分野別では教育充実度全国4位、国際性2位の高評価　タイムズ・ハイヤー・エデュケーション（ＴＨＥ）世界大学ランキング日本版２０２０年が発表）」

https://www.apu.ac.jp/home/about/publicity/pressrelease/R2020_03_25.pdf
日本経済新聞『出口ＡＰＵ学長「一人ひとりが未来を創る」』
https://www.nikkei.com/article/DGXZQOJC227EZ0S1A120C2000000/
朝日新聞ＥｄｕＡ『慶應ＳＦＣ30年、立命館ＡＰＵ20年――日本の大学をどう変えたか　ＡＰＵ編⑨◆出口治明学長インタビュー（上）「地域開発と観光の新学部を２０２３年に開設」』
https://www.asahi.com/edua/article/13706520
朝日新聞ＥｄｕＡ『慶應ＳＦＣ30年、立命館ＡＰＵ20年――日本の大学をどう変えたか　ＡＰＵ編⑩◆出口治明学長インタビュー（下）「次期学長公募に僕が応じた理由」』
https://www.asahi.com/edua/article/13711756

第 3 章

リハビリ開始と折れない心

都心の大規模リハビリ病院に転院

「生きていることすべてに価値がある。生きていれば知恵が生き残る」。この言葉を胸に僕は東京に向かいました。

世界的な有名ブランドから中高生向けのリーズナブルなお店まで、さまざまなアパレル店が立ち並び、東京を代表するファッションの中心地である原宿の駅から10分足らず歩いたところに、原宿リハビリテーション病院は立地しています。

先に説明したように、脳卒中の急性期で治療を受けて、病状が安定し始めた発症1〜2ヵ月後の状態を亜急性期といいます。

この時期から回復期といわれる発症3〜6ヵ月に集中的なリハビリを行い、低下した能力を再び獲得するための病棟を回復期リハビリテーション病棟といい、原宿リハビリテーション病院はこの役割に特化した医療を提供しています。

具体的にいえば、回復期対象の患者に対し、機能の回復や日常生活で必要な動作の改善をはかり、寝たきり防止と社会や家庭への復帰を目的としたリハビリテーションプログラムを個々の患者ごとに作成し、集中的なリハビリを提供する病院といえます。

　対象となる患者は脳卒中のほか、高次脳機能障害を伴った重症脳血管障害、重度の頸椎損傷や頭部外傷を含む多部位外傷、大腿骨や骨盤、脊椎などの骨折等で、入院できる期間の上限がそれぞれ定められています。

　このような性格の病院のため、内部のつくりは一般的な病院とはだいぶ異なっていて、あまり病院にいる感じがしません。

　エントランスはちょっとしたホテルのロビーのように明るく開放的で、患者や面会客を迎え入れます。病室やリハビリテーションのスペースは十分な広さが確保され、調度品もホテルをイメージしたものが用意され、とても快適な空間になっています。

　建物は11階建てで、病棟からは眼下に代々木公園、遠くに新宿高層ビル街や東京スカイツリー、富士山が望めます。僕はずっと病院嫌いで通してきましたが、最初に足を踏み入れた時は「素敵な病院だな」と感じました。

同病院のホームページによると病床数は332床、リハビリスタッフ数277名とかなり大きな規模です。長期的な入院が前提のリハビリテーション病院は郊外につくられるイメージがありますが、都心の立地で仕事や学校帰りに家族が気軽に訪れることができるのもメリットです。

この病院の6階の大部屋で、僕の本格的なリハビリ生活が始まりました。

僕は常日頃「病気になった時には、自分がどういう治療を受けるのかは、自分の頭で考えて方針を決める。病気との向き合い方は本来そうあるべきだ」と周囲に語ってきました。そして「最善の選択をするためには、ひとりひとりが、まず自分はどう生きたいのかという人生の根本問題を考えることが、どうしても必要になってくるのだ」とも。このことを実行に移す時がきたのです。

リハビリを担当する専門職

リハビリは医師や看護師、薬剤師に加え、リハビリテーション職といわれる理学療法士、作業療法士、言語聴覚士など多くの専門職が関わり、チームを組んで進められます。

端的にいえば、立ち上がりや歩行訓練など、足の麻痺に対する訓練を行うのが理学療法、身の回りの動作の訓練を行うのが作業療法、言葉の障害である失語症や飲み込みの障害である嚥下《えんげ》障害の訓練を行うのが言語聴覚療法です。

リハビリテーション職はいずれも国家資格です。患者とはとても深く関わります。この後の話とつながってくるので、それぞれの詳しい仕事の内容について触れておきましょう。

理学療法士（Physical Therapist、ＰＴ）

座る、立つ、歩くなど基本動作能力の回復や維持、および障害の悪化の予防を目的に、運動療法や物理療法などを用いて、自立した日常生活が送れるよう支援する、医学的リハビリテーションの専門職。

作業療法士（Occupational therapist、ＯＴ）

食事や入浴、買い物など日常生活に関わるすべての活動を作業といい、障害などで作業が難しくなっている人を対象に、作業そのものの練習をしたり、心身の機能の回復や維持の手段として作業を行ったりする作業療法の専門職。

言語聴覚士（Speech-Language-Hearing Therapist、ST）

脳卒中後の言語障害や聴覚障害、言葉の発達の遅れ、声や発音の障害など、多岐にわたる言葉によるコミュニケーションの問題の本質や発現メカニズムを明らかにし、対処法を見いだすために検査と評価を実施し、必要に応じて訓練や指導、助言を行う専門職。嚥下訓練や人工内耳の調整も行う。

回復期リハビリテーション病棟でリハビリを受けられるのは、1日3時間と上限が決まっており、それぞれの患者の症状や必要に応じて、本人や家族と相談しながら理学療法、作業療法、言語聴覚療法をどれだけ行うかが決められます。

僕の場合、右の手足が動かず、言葉も発話できない状態でしたから、復職するには3つとも全部やる必要がありました。

また、リハビリを受ける1日3時間以外の時間をどう過ごすかも、機能を回復するためには大切になります。

それぞれ、順番に経過を追っていきましょう。

歩く訓練からスタート

リハビリのスタートにあたっては、各療法の分野で目標を立て、実行していきます。

理学療法では、車いすへの乗り移りと便座への乗り移りが、スタッフが見守ってくれるなかでできるようになることが目標となりました。

脳卒中で倒れる前であれば何も考えずにできた行為でも、障害が出てからは非常にハードルが高くなります。

理学療法士の樗木《おてき》慎也さんは、リハビリを開始した当初の僕の様子について、こう振り返っています。

「まず問題があったのが、意志の表出でした。最初は失語症が強く、こちらの指示が伝わりにくいことがありました。たとえば『この手すりにつかまってくださ い』といっても1回では伝わらず、何回か繰り返すと伝わる、というような。手すりにつかまって歩く練習で、『1歩足を出してください』という指示に対して足を持ち上げて止まってしまうので、『こうやって歩いてみてください』と実際に動作を提示すると伝わる、ということもありました。こちらの指示と本人の理解にずれが生じていたわけです。

逆に出口さんが伝えたいことについて、こちらが『こうすればよいですか?』と確認して、『うん、うん』とうなずいたのでその通りにしたら、『うーん……』と否定されることもありました。おそらく自身の本当の意志を表出するのに、ジェスチャーのレベルでうまくいっていないと感じました」

最初の1週間くらい、リハビリテーション職の人たちは患者を観察し、身体機能の現状を把握してリハビリプランを考えていきます。

そしてリハビリを開始して1週間後に樗木さんから提案されたのが、股関節から足先まで固定できる自分用の装具の購入と使用でした。

装具とは身体の一部を外部から支え、運動能力の向上を図るものです。脳卒中による右足の麻痺で、膝がグラグラしてしまい体重を支えられないため、装具を着用して立つ練習や歩行の練習に取り組みました。

まったく足が動かない人でも装具を使い介助がつけば、歩くことができるそうです。ただ、最初は簡単にはいかず、介助してくれるスタッフが大変でした。

「出口さんは身体が大きく、体重もあるので、1人の介助だけで歩くことは難しい、転倒したら大けがになりかねませんから。最初は私ともう1人のスタッフの2人で介助して、歩く訓練をはじめました。

やはり最初は身体を支える力が弱かったです。装具を使えば足首から太ももの上まで固定されるので膝がガクッと折れるようなことは起こらず、装着するだけでうまく歩ける患者さんもいるのですが、出口さんの場合、最初はうまく歩けませんでした」(樗木さん)

歩く距離は2人の介助がついて、20メートル×5セット。理学療法ではこれに加えてマシンを使用したステップの練習等を、毎日1時間行いました。

樗木さんからは最初に「経過とともに変わってくるので、あきらめないで欲しい。ある程度の希望を持って取り組んでいきましょう」という話がありました。

存在を忘れてしまう右手の問題

手を中心に着替えや歯磨き、トイレなどの日常生活の動作を訓練する作業療法では、当初の目標としてトイレを介助なしでできるよう手すりに寄りかかり、麻痺していない左手でズボンの上げ下ろしなどをできるようにすること。麻痺している右手に対する認識をあげて、手を洗ったり起き上がったりするときに、右手の存在を忘れないようにすることなどが設定されました。

作業療法士の市來《いちき》里美さんは、当初の様子をこんな風に話しています。

「一般に片側の運動麻痺になると、まったく力が入らないだけでなく感覚も落ちてしまうので、麻痺している側への意識がなくなってしまう方が多いのです。出口さんも右腕と右足の感覚が鈍く、ほとんど感じないくらいの状態だったと思います。

　そのため、利き手である右手の存在を忘れてしまい、ベッドから起き上がる時にぶらんと下がったままで、自分で手を踏んづけてしまうようなことが起こります。そこで自分で意識して左手で右手を持つというところから、リハビリをスタートしました」

　最初の作業療法は、手を洗う動作の訓練をしました。まず動かない右手を洗面台にのせてから両手で洗うのですが、右手は力が入らず単独で持ち上げるのは難しい。そこで左手で右手を持ち上げて洗面台にのせ、次にしっかり手を洗います。

　朝、起きたときやトイレなど洗面台に行くタイミングで必ず手を洗うようにと市來さんから指導があり、次の日から毎日そうするようにしました。これができるのは「記憶がきちんと保たれている」（市來さん）ことも意味します。

　その次に取り組んだのが、起き上がりの訓練でした。

　寝ている体勢から起き上がるとき、右腕の感覚が鈍くその存在を忘れたまま寝返ってしまうと、肩を痛める原因になってしまうし、動作の効率も悪くなります。そのため寝返りと起き上がりの動作を手順化し、反復練習をする必要がありました。

まず左手で右手を持っておなかの上にのせ、次に動かない右足を左足ですくって左側に寝返り、起き上がる。この動作を繰り返しました。

作業療法士の市來さんから見ると、どんな印象だったでしょうか。

「入院時の印象としては、麻痺していない左の手足の能力は高く、どこかにつかまってさえいれば左の手足の力で立つこともできたので、出口さんの残っている身体の能力は高いと感じました。ただ、言葉が通じにくかったり高次脳機能障害もあったりしたので、寝返りや起き上がり、車いすへの乗り移りができるようになるまでには、多少時間がかかりました」

僕自身はと言えば、「人生は変化に富んでいるなあ。川に流されるように生きていても、岩にぶつかったりする。思わぬ展開にも一所懸命に対応する方が面白いし」などと作業療法士の方から見れば大変な作業も、とにかくやり続けようと楽観的に考えていました。

「言語による表出」を増やす

言語聴覚士は食べることや飲み込むことの障害である嚥下障害や、高次脳機能障害、失語症、口の筋肉の問題で滑舌が悪くなったり呂律が回らなくなったりする構音障害などを扱うので、理学療法士や作業療法士とは患者を見る視点が異なってきます。

言語聴覚士の瀬尾沙記江さんは次のように振り返っています。

「前の病院から失語症があるとの情報は事前に伝えられており、出口さんのお仕事やキャリアを考えると、その改善が非常に重要になると考えていました。入院当初の発語は『あー』や『うー』くらいで、意味のある言葉は一切出ない状態でしたね。

前の病院からご自身で文字を書く練習は始められていて、左手で自分の名前を書くことはできましたが、誕生日などはまだ書けませんでした。ただ、地図を使って『福岡から東京に来ました』と指差しで表現はできていたので、大まかな意思疎通はできていたと思います。

失語症や高次脳機能障害が出ている人は、ご自身の置かれた状況を理解できていなかったり、意識がぼーっとしていたり、そもそもやり取りがうまくいかない場合も多いのですが、そうした状態の患者さんたちと比べると、出口さんは礼節も保たれていて、リハビリに取り組む力ややる気もありました」

言語聴覚療法の初日は、主に瀬尾さんから情報収集や言語能力の評価を目的としたヒアリングが行われました。今後、仕事でどういうことをしたいのか、というような。

当初の短期目標として立てられたのは、「指差しやうなずきでのコミュニケーションがスムーズにとれる」でした。当時は言葉がまったく出ない状態だったので、短期的には言葉に関する目標を立てるより、今後生活していくにはまず指差しやうなずきでも、正しく自分の意思と一致して示せるようになることが重要との意図からです。

言葉が出ないのにどうやってコミュニケーションをとっていたのか、と疑問に思われるかもしれません。これは聞き手が言語障害のある患者に対し、「はい」か「いいえ」で答えられる形にして質問することで、意思の疎通を行うようにします。

要するに、リハビリスタッフのほうで患者が答えやすい形にして、質問や意志の確認をしています。たとえば、「どんなお仕事をしていましたか？」と質問されると、言語障害のある患者は答えるのが難しくなってしまいますが、「お仕事は大学関係ですか？」と質問されれば「はい」か「いいえ」で答えられるようになるわけです。

それも答えるのが難しい場合は、文字を書いたり写真を見せたりして、患者に指差しで答えてもらうような工夫をしています。

以上の大前提として家族の助けがあり、リハビリスタッフの方たちも患者の家族への情報収集をしっかり行っています。

また、長期的な目標としては「言語による表出が増える」が設定されました。

この時点では「はい」、「あーあー」くらいしか言葉が出なかったので、まずは声を出す量をどんどん増やしていこうとの意図がありました。

次章で詳しく説明しますが、まだ一般的になっていない「全体構造法」という治療法を取り入れることにも挑戦することにしました。

さんざんな失語症検査結果

急性期病院からリハビリ専門病院にくると、1日3時間のリハビリが始まり、体力が落ちている病人にとってはそれなりの負荷になります。だから転院したばかりの頃は疲れてしまい、リハビリが終わるとベッドに倒れ込むように寝る患者も多いそうです。
僕も転院して1週間ほどたった頃、非常に疲れがたまってきました。
「リハビリにお迎えに行っても元気がなく、身体もちょっと不安定でいつもよりシャキッとしていない感じがあったので、おそらく急に疲れが出てきてしまったのでしょう。ここで落ち込んでしまう可能性もあるかな、と思いました」（瀬尾さん）
すでに触れたように、転院した当初の僕の希望は学長職への復帰で、「退院す

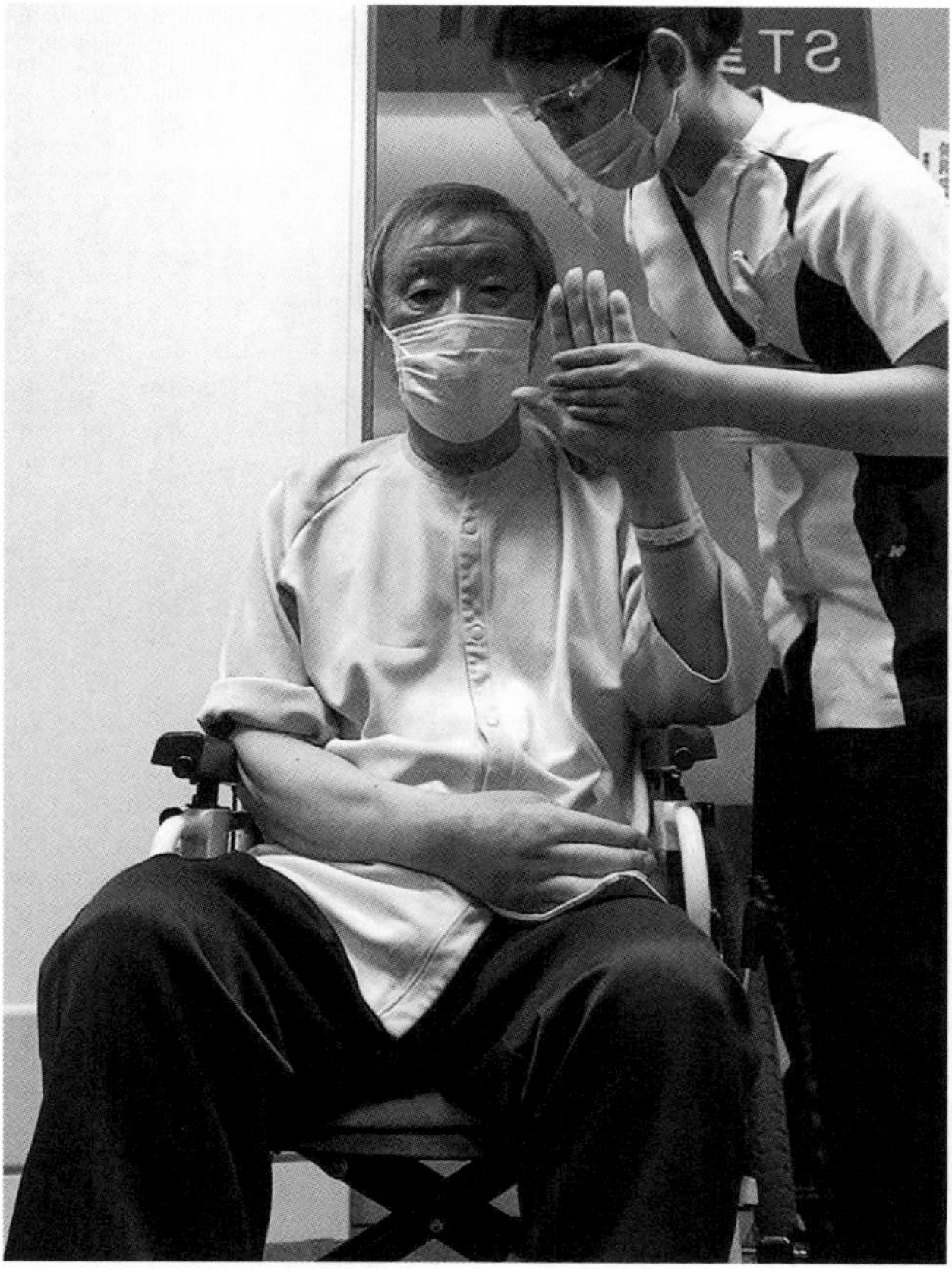

言語聴覚士と行う「全体構造法」のリハビリテーション。療法士が手を添えて一緒に身体リズム運動を進めます。振動や止めるタイミング、力の入れ方などが直接伝わるからです。まず「えっ」は短くすばやく高く手を上げ、「えー」は手を長く高く上げる。療法士の指示は「びっくりするように」なので、大きく上に手を上げました。

る6ヵ月後に講演ができ、別府へ単身赴任できる」水準に身体と言葉の機能を取り戻すことでした。

しかし当時の僕の状態は、希望からは遠くかけ離れていました。それは客観的な指標にも表れていました。

リハビリの分野で使用されている、患者の日常生活に関連する動作を評価する方法にFIM（Functional Independence Measure）があります。日本語にすると機能的自立度評価表で、生活動作に関連する全18項目をそれぞれ7段階に分けて数値化するものです。

全18項目のうち13項目が食事や移動などの運動機能、5項目がコミュニケーションなど認知機能に関するもので、評価「7」が自立、「1」が全介助となります。点数が高い方が自立度は高い、ということです。

リハビリ開始時点で僕のFIMの点数は、運動機能が91点満点で30点、認知機能が35点満点で15点。全項目で126点満点中45点という状態でした。

一方、日本の代表的な失語症の検査に標準失語症検査があります。聴く、話す、読む、書く、計算の5項目について26の下位検査で構成され、それぞれの答えられる割合を調べるというものです。

たとえば、言語聴覚士が読み上げた言葉の絵カードを選んだり、カードに描かれたものの名前を言ったり、単語や短い文章を読んで理解できるかなどを調べていきます。

僕はこの検査を転院する1週間ほど前に、福岡の病院で受けました。その結果は、26項目中19項目で正答率がゼロというさんざんなものでした。

「たとえば『鉛筆を持ってください』という設問はできても、『鉛筆を取ってからはさみと入れ替えてください』と単語や動詞が増えると混乱してしまう」（瀬尾さん）という状態でした。

言葉が出なくても楽観的な理由

転院当初はこのような状態でしたから、僕が目指している単身赴任や講演、そして職場復帰について、リハビリスタッフの人たちは「実現はかなり難しいのではないか」と考えていたそうです。復職したい理由はよくわかるけれども、目標が高過ぎるというわけです。

脳卒中になってそれまで動いていた身体が動かなくなり、話せなくなってしまうと、基本的にはもうあきらめてしまう人が多いのですが、逆に厳しい現実を理解できずに、とてもかないそうにはない目標を立ててしまうケースもあるそうです。

僕については現実を受け止めきれずに、高過ぎる目標を立てているのかもしれないと、リハビリスタッフは懸念していました。

復帰への具体的なプロセスを考えても、現状と目指す目標との開きが大きければその分、他の人の何倍もリハビリを頑張らなくてはなりません。それが、病気で弱っている僕にできるかどうか。

仮に復帰できたとしても、倒れる前のように単身赴任して一人で暮らしていたら、何かアクシデントが生じたときに助けられない事態が生じかねない、との懸念もあったそうです。

脳卒中で倒れた人の中には、気分がひどく落ち込んだり何事にも興味を持てなくなったりして、日常生活にまで支障が出る「脳卒中後うつ病」になる人も少なくありません。

脳卒中後うつ病になると、脳障害の機能回復を阻害するうえに、リハビリを進めるうえで大きな障害になってしまうので、その点でも入院後1週間で大きな疲労の見えた僕は心配されていました。

ところが僕は、あくまで楽観的でした。思わぬ展開でも一所懸命にやり抜こうといつも考えています。入院当初はペース配分がわからないこともあり、へとへとになったのは確かですが、復職をあきらめる発想などありません。スタッフの脳卒中後うつ病の懸念は杞憂で終わりましたが、それは後の話です。

一方、病院のスタッフから見た当時の僕の印象は、「リハビリへのやる気が高い」、「落ち込まない」でした。

「話すことができず、運動麻痺も結構強い。リハビリではその2点で苦労していましたが、僕の印象では出口さんは非常にやる気があって、ハートが強かった。社会的な地位のある人が突然脳卒中になってこれだけのダメージを受けたら、普通は精神的にガクッときてしまい、うつの傾向が出てきます。自分でできていたことが、まったくできなくなってしまうからです。しかし、イライラすることもなかったし、回復に結び付くことであれば、自分から積極的に取り組んでいました」（鈴木暁《さとる》医師）

「理学療法のリハビリは出口さんにつきながら、別のリハビリスタッフと一緒に相談しながら行っていたので、もしかすると本人が不安になるようなことも耳に入ったかもしれません。普通は不安を感じて『それってどういうこと？』と聞かれる場合もあるのですが、出口さんは終始『任せているから君たちの言う通りにやるよ』という態度でした。

リハビリでは指示したことができていないとき、言葉を選んで患者さんに『できていません』と伝えることがあります。それで落ち込んでしまう人は多いのですが、出口さんはそれでも落ち込みませんでした」（樗木さん）

僕はAPUの学長職に就く前のライフネット生命保険株式会社で働いていた時も、仕事は「元気で明るく楽しく」をモットーにしてきました。リハビリも辛く厳しい表情でこなすのではなく「元気で明るく楽しく」です。理学療法士はリハビリのプロなのですから、指導は任せます。プロに任せた方が合理的ですし、リハビリもスピードアップされます。僕の仕事上のもう一つのモットーは「スピード重視」でした。プロの指導についていくことが最善の策です。迷いはありませんでした。

脳は障害を受けても機能再編する

脳卒中で重い障害が残ると、多くの患者が落ち込んだりうつ傾向になったりしがちですが、僕はそうなりませんでした。

なかなか想定していたようには機能の回復が進まず、焦りやもどかしさを感じることはあっても、身体の不自由さはきっとよくなると、楽観論で考えていたからです。

一般に、重度障害時であっても、脳がダメージを受けるのは、そのウェイトの20%以下と推定されます。ということは、重度障害時でも脳の80%以上は正常です。

そもそも、脳卒中で障害の出た患者がリハビリに取り組むのは、脳に可塑性という特徴があるからです。簡単にいえば、脳出血等でダメージを受けた部分は回復しませんが、他の領域がダメージを受けた部分の機能を代替していくのです。日本リハビリテーション医学会がまとめたテキストには、以下のようにまとめられています。

脳血管障害に伴うさまざまな神経症状と機能障害は、全身のコントロールセンターである脳組織の損傷に伴うものである。脳血管障害により損傷を受けた脳組織そのものは回復しえないが、その周辺部位が神経可塑性（neural plasticity）による機能再編（reorganization）することにより神経症状および機能障害が回復することが明らかとなっている。

（日本リハビリテーション医学教育推進機構／日本リハビリテーション医学会監修『脳血管障害のリハビリテーション医学・医療テキスト』医学書院）

脳卒中の障害に対し、リハビリ治療を行う最大の目的がここにあります。リハビリは、脳の機能再編を最大限に促進するために行っているのです。

このように専門家が明らかにしているのですから、右半身の麻痺と言語障害が出ながら復職を目指す僕が、スタッフの皆さんの指導に基づいて一所懸命リハビリに取り組むのは、当たり前すぎるほど当たり前の話でしょう。「昔はできたことができなくなった」などと、ぐちって落ち込んでいる暇はありません。

流れ着いた場所で一所懸命頑張るだけ

僕が楽観的でいられたのは、これまで学んで得た知識の力もあると思います。ダーウィンの自然淘汰説は、生物に関する最高の理論だと僕は考えています。要するに、何が起こるかは誰にもわからないし、賢い者や強い者だけが生き残るわけではない。ただその場所の環境に適応した者が生き残る。

そこでは運と適応が大切で、運とは適当なときに適当な場所にいることです。それは、人間にはどうすることもできない運命といえますが、その場所に居合わせたとき、どんな適応ができるか。すなわち、どんな意欲を持ってどんな世界にしたいと思って動くかは、自分の意志次第です。

言い方を変えれば、生物の一生は偶然の持つ要素が非常に大きいといえますが、人間は頭でっかちな動物なので、偶然をなかなか認めたくありません。人間の意志のほうが偶然の要素を上回ると思ってしまいたいのです。しかし、そんなはずはありません。

ベルギー生まれの人類学者、レヴィ＝ストロースは、１９５５年に出版した名作『悲しき熱帯』で、次のように書いています。

「世界は人間なしに始まったし、人間なしに終わるだろう」

世界の存在は人間の意志や認識によって認められたものではなく、世界は勝手に始まり勝手に終わるものだとレヴィ＝ストロースは考えていたのです。

実際、地球の生命は星のかけらから誕生し、やがて地球の水が涸れたときに絶滅すると、すでに解明されています。

たまに偶然を引き寄せるのも能力のうちである、あるいは運をコントロールしないといけないなどという人がいますが、そんなのはウソに決まっています。

将来何が起こるかは誰にもわからないのなら、川の流れに身を任せるのが一番素晴らしい。人間にできるのは、川に流されてたどり着いたその場所で、自分のベストを尽くすことぐらいです。

だから川の流れに流されて学長にたどり着いた以上は、教育のことを一所懸命勉強して頑張るし、病気で倒れたら、復帰に向けて一所懸命リハビリに取り組むだけのことです。

なにより明確なゴールに向かってただ真っすぐに進んでいく人生より、川に流され、時には岩にぶつかったり濁流にのまれたりしながら、思いもよらない展開のなかで一所懸命生きていくほうが面白いに決まっています。

何度も繰り返しますが、人生は楽しまなければ損です。

大病をしても人生観が変わらない理由

人は大病をすると「人生とは何か」について考え始めたり、人生観や死生観が変わったりするとよくいわれます。

僕も、障害が残るような大病をして人生観は変わりましたかと質問されることがありますが、何も変わっていません。

入院中に「人生とは何か」などとは考えもしませんでしたし、病気によってこれまでの人生観に影響を受けることもありませんでした。

人間は動物なので、病気になって回復しなければ死ぬのが自然です。誰にでも必ずやってくる未来を心配しても仕方がありません。

もともと僕は古希の70歳を超えたときから、後は神様次第だと心底思っていました。その考えはいまも変わりません。

人間は常に病気や老化、死と向き合って生きています。不幸と呼ぶべきか、宿命と呼ぶべきか、これらの避けられぬものと、いかに向き合って生きていくか。このことが人間の数千年の歴史において、常に人間の眼前にありました。

哲学や宗教は、人間が生きていくための知恵を探し出すことから出発したといえなくもありません。生きていくための知恵は、不幸といかに向き合っていくかの知恵ともいえます。

近年、「神は死んだ」と断言したニーチェの哲学に関する本が、世界的に人気を集めているといわれています。

ニーチェは、歴史は永劫回帰している、と考えました。人間はさほど賢くなく、同じ過ちを繰り返してきた。進歩はしていない。歴史は直線的に進歩するのではなく、永劫に回帰する円環の時間なのである、という考え方です。

これは仏教の輪廻転生の思想と同じです。ヘーゲルやマルクスが、歴史は理想的な方向に進化していくと考えたのとは大きく異なります。

時間も歴史も進歩しない、そのような運命を正面から受け止めてがんばっていく人間。この強い人間をニーチェは「超人」と呼びました。

ニーチェは人間が強く生きていこうとしたとき、何を一番大切な理念としているのかといえば、それは力への意志であると考えました。強くありたい、立派でありたい、そのように生きたいと目指すことです。ニーチェの「超人思想」は、あくまでも、人間はこの大地で現実の生そのものに忠実となり、運命を受け入れて、強い意志を持ち生きていくことが重要だと説いているのです。

ニーチェの「超人の思想」は、ヘレニズム時代のストア派の哲学とどこか似ています。

ストア派はヘレニズム時代の4大学派の一つとされる哲学で、徳を追求した結果として得られる、「パトス」に動揺しない「アパテイア」に至ることが幸福だと考えます。パトスとは激情や情熱、情念、アパテイアとはパトスに動揺しない心を指します。

ストア派はアパテイアそのものを追求してもその境地にはたどり着けない。人生の徳を実践することで、結果的に得られるのだと考えたのです。

ストア派が考える人生の徳とは知恵、勇気、正義、節制であり、それらを実践して心の平静を得て、幸福になる。

ローマの身分ある家柄に生まれた人々は、ストア派の考えに積極的に取り組みました。その代表的な人物がローマ皇帝のマルクス・アウレリウスでした。彼が書いた『自省録』には、その心情がつづられています。

僕は個人的には、ずっとストア派の考え方に憧れてきました。ただ、病気に対峙する心持ちとしては、やはり「人生は楽しまなければ損」が基本です。それはリハビリに取り組む姿勢にも関わっていきます。

【参考文献・資料】

原宿リハビリテーション病院「回復期リハビリテーション病院とは」
https://harajuku-reha.com/recovery/
日本理学療法士協会「理学療法士とは」
https://www.japanpt.or.jp/about_pt/therapist/
日本作業療法士協会「作業療法ってなんですか?」
https://www.jaot.or.jp/files/page/kankobutsu/pdf/21_pamphlet.pdf
日本言語聴覚士協会「言語聴覚士とは」
https://www.japanslht.or.jp/what/
丸石正治『患者様・ご家族のための回復期リハビリテーション』ニューロエビデンス社
永田泉監修『急性期の検査・治療・看護・リハビリまで　やさしくわかる脳卒中』照林社

一般社団法人　日本リハビリテーション医学教育推進機構／公益社団法人　日本リハビリテーション医学会監修　久保俊一／安保雅博総編集『脳血管障害のリハビリテーション医学・医療テキスト』医学書院
ダイヤモンドオンライン【出口治明との質疑応答8】「『川の流れに流されていく人生』がベストじゃないですか。」
https://diamond.jp/articles/-/215717
ダイヤモンドオンライン【出口治明との質疑応答9】「『悔いなし、貯金なし』が僕の座右の銘の理由」
https://diamond.jp/articles/-/215726
ダイヤモンドオンライン【出口治明との質疑応答10】「今こそ、日本人はダーウィンに学ぶ時！」
https://diamond.jp/articles/-/215729
出口治明『哲学と宗教全史』ダイヤモンド社

第４章

言葉を一から
取り戻す

左手だけで服を着替える練習

原宿リハビリテーション病院に転院後、1週間ほどの頃はペース配分がわからず、だいぶ疲労がたまっていました。

しかし、その時期を過ぎたあたりから、以前の常に頭がうつらうつらしていた状態から、だいぶ意識がはっきりするようになってきました。夜眠り、朝目覚めるというサイクルがちゃんと回復してきたのです。体力的にも疲労がだいぶ取れてきました。リハビリのスタッフが懸念していた、脳卒中後うつ病の症状も出ていません。

理学療法では、装具をつけて立って歩く訓練や、機械を使った訓練を継続していきました。目指すは普通に街を歩けるようになることですが、自分の意志で足を曲げたり伸ばしたりできませんから、なかなかそう簡単にはいきません。

ただし、「無意識下で足を支える能力」はだんだんついていきました。「立ちましょう」「歩きましょう」と言われたときに、勝手に足が自分の身体を支えてくれる能力。ほとんど左重心ではありますが、右足でも支える能力がついてくるようになってきたと、理学療法士の樗木《おてき》慎也さんは評価していました。

作業療法で取り組んでいた寝返りや起き上がり、車いすへの乗り移りについては、見守り付きで、1ヵ月ほどでできるようになりました。見守りとは、転倒などの事故が起きないようスタッフが見守っていることです。

ただ、自立した生活をするにはこれだけでは不十分です。次の段階として服の着替えの練習に取り組みました。

僕は右手右足が麻痺していますから、服の着替えは利き手ではない左手で行うことになります。

患者の症状によっては、上手に着替えられないだけでなく、服が裏返しになっていても気付かなかったり、袖やズボンの左右を間違えてしまったり、さまざまな問題が起こります。要は間違いを間違いと認識できないのです。

僕の場合もやはり練習をはじめた頃、服の袖の左右を間違えることが何度かありましたが、「比較的、そうした認識はスムーズ」(市來《いちき》里美さん)だったようです。

入院してから2ヵ月ほど経過した4月上旬くらいには、自分で着替えやお手洗いをできるようになりましたが、まだ見守りの人が必要でした。

たとえばズボンを穿くときは一度、立ち上がる必要があります。そのとき、僕は右の手足の感覚がないので、そちら側に倒れやすいリスクがあります。そのため、一人での着替えは避ける必要がありました。

「リハビリ訓練の時間内で着替えやお手洗いができるようになったとしても、病棟で見守りなしに一人で自立した生活を送れるようになるまでには、もう少し時間がかかります。転倒リスクなども考慮し、医師や看護師とも相談しながら判断していく必要があるからです」（市來さん）

僕はこの頃少し焦りを感じていました。新型コロナ禍にあって、病院の面接時間が限られていました。月に1回、30分のみです。一人娘が大学受験を控えていたので、娘の邪魔はしたくないと念じていましたが、妻から家の状況など少しは話が聞きたい、そんな思いがありました。また福岡では妻は口にしませんでしたが、本当は僕の引退を心に決めていたそうです。なんとしても学長職に復帰することを妻にはっきりと伝えたいと考えていました。

言語障害のさまざまな種類

リハビリのなかで、なかなか回復が遅かったのが話す能力でした。これは症状が目に見えて明らかになるわけではない、失語症という病気の難しさもあると思います。

失語症とは脳卒中や頭のけがなどで、話す、聴く、読む、書くという言葉を使った働きがうまくいかなくなる状態です。

一口に失語症といっても、いろいろな種類や症状があります。失語症という名前から「話せなくなる」症状と思っている人もいるようですが、それだけではなく、相手の話を音としては聞こえても理解できない、読めない、書けない、計算できないといったさまざまな症状が起こり得ます。

失語症にはタイプ分類があります。代表的な失語症とされるのが、ブローカ(運動性)失語です。

これは大脳皮質のブローカ野《や》の障害によって生じ、スムーズに話せなくなる、すなわち発話の流暢《りゅうちょう》性が失われることが最大の特徴で、発話量が極端に落ち、音の組み立てや、語の組み立てにも障害を生じるといった特徴があります。

言語の理解に関しては、聴く、読むともに比較的保たれていますが、音読や復唱は難しいとされています。

一方、ウェルニッケ野の障害によって起こるウェルニッケ（感覚性）失語の患者は流暢に話しますが、言い間違いが多くて、何を言っているのか相手が理解できないケースが多いのが特徴です。

言語の理解は聴くことに障害があり、漢字の読解は比較的保たれています。

言おうとしている言葉を言い間違えてしまう特徴を持つのが伝導失語で、相手が言ったことをそのまま復唱しようとしても言い間違えてしまいます。言語理解は保たれています。

そして言語の表出と理解の両方が重度に障害され、最も重度な失語症が全失語です。

以上が主な失語症の一般的な説明ですが、患者によって症状の程度はさまざまです。

比較的理解が保たれているとされるブローカ失語でも、症状によってこちらの言っていることをすべて理解できているわけではなかったり、簡単なものの言い方をしないと理解できなかったりします。

また、ウェルニッケ失語の患者は理解面が障害されるので、自分が間違っていることを言っていると気付かず、「なぜ相手は理解できないのだろう」と思ってしまうケース、つまりは自分が失語症だと認識するのが難しいケースがあります。しかもウェルニッケ失語の患者は身体の麻痺がない人が比較的多いので、自分の障害に気付かず、早く退院したいと希望する人もいます。

複合的な言語障害

このように失語症にはさまざまなタイプがありますが、さらに失語症とよく誤解される症状に、構音障害があります。

人は話すとき、内容を脳の言語中枢で考え、それを運動中枢に伝え、そこから舌や口、唇などに命令が出され言葉を発します。脳卒中や頭のけがで言語中枢がダメージを受け、発音する言葉の指令が出ないのが失語症であるのに対し、運動中枢の障害によって、舌や口、唇に麻痺が起こってうまく話せなくなるのが構音障害です。失語症は言葉の理解に支障があるのに対し、構音障害は麻痺が原因ですから、相手の言葉は理解できます。

診断によると僕はブローカ失語で、かつ構音障害もあるという状態でした。右半身に麻痺がありますから、舌や唇の右半分にも麻痺の影響が出ていました。ただ、僕は言語の理解面は比較的保たれているタイプのブローカ失語といっても、症状はかなり重かったようです。転院時はほとんど意味のある言葉を発せられなかったと前述しましたが、理解面でもかなり問題があったそうです。

「聴くという面でもかなり障害を受けていました。たとえばこちらが『持ってください』といったとき、『持ってください』という音は脳に入力されていますが、それがどういう意味でどんな行為をしなければいけないかにまでたどり着く、脳内のルートにも問題があったので、本人がやろうとする行為がこちらの言った内容とズレている、ということがありました」（瀬尾沙記江さん）

ＩＱテストの結果は……

2月24日に僕は知能検査を受けました。ただし検査のすべてではなく、言葉を使えなくても受けられる部分だけを抜粋しての検査です。

その結果は、動作性97でした。ＩＱは85から１１５が平均的な値とされていますから、平均レベルです。しかし重度の失語症があることを考えれば、この数字の意味は違ってくるそうです。

「重度の失語症がある人は重度の高次脳機能障害も同じようについてくることが多いのですが、それを考えるとＩＱ97はかなりすごい数字で、正直驚きました。これまでのお仕事を考えるとおそらく、もともとのＩＱが高くて、そこからは下がっていると思います。しかし言語面の状態を考えると、ＩＱについては想像できないくらい保たれているという印象を持ちました。

脳卒中の患者さんのＩＱテスト結果は人それぞれで一概にはいえませんが、そもそもテストを受けられない状態の人も少なくありません。リハビリでもそうなのですが、混乱して取り乱してしまったり、なぜ自分が入院しているかを理解できないため『やりません』とすべて拒否したり。病棟の生活自体を安全に送るのが難しい人もいるなかで、検査場所に来て１時間ほど座り、こちらの指示にしたがって、疲れてしまうようなテストを受けられるだけでも大変なことなんです。受けられたとしても途中で疲れたり、眠ってしまったりしてできない人も多い中で、これだけできるのは本当にすごいと思いました」（瀬尾さん）

僕がなんとか検査を受けられたのは、子どもの頃田舎のガキ大将だったことも要因としてあるかもしれません。喧嘩をしても負けたくなくて、口でも力でも勝つことに誇りを持っていましたね。当時読んでいた本はアレクサンドロス大王の伝記でした。戦争の話が大好きで、なぜアレクサンドロスは10年も戦争に勝ち続けるのだろうと不思議でした。勝つ側も被害を受けるはずなのに「なんで勝ち続けられるんやろ」と疑問をもち、本を読み漁りました。リハビリの最中も、よく自分がガキ大将だった頃のことを思い出し、元気を取り戻しました。

復職を目指した訓練

瀬尾さんは、僕が希望する復職を実現するには、どのような訓練をすればよいかを一所懸命考えてくれました。

一般的に、脳卒中で言語障害の出た患者が取り組む言語聴覚療法は、ものと言葉の結びつきを取り戻すために、言語聴覚士が話したものの絵が描かれている絵カードを選んだり、漢字で書かれた名前を見て、その絵が描かれたカードを選んだりします。

「(言語聴覚士が絵カードを示しながら)これは何ですか？」

「犬です」

「では犬と書いてみましょう」

こんな風に理解力と伝える力を取り戻すための治療を進めていきます。漢字は表意文字のため、音読できなくても患者にとっては理解しやすい特徴があります。

最初の段階の訓練ができるようになったら、言葉と文字の数を増やし、複数のものと名前を同時に考える訓練や、ひらがなを使う訓練、主語と述語を結びつける訓練などを行っていきます。

そして失語症からの回復が最終的に難しければ、代替手段の使用を考えていきます。代替手段とは、絵が描かれているコミュニケーションノートを使い、指差しでやり取りをする方法や、描画やジェスチャーなど、話すこと以外のコミュニケーション手段です。

これらは一般的なやり方ではありますが、僕が目指している学長への復帰には不十分ではないかと瀬尾さんは懸念していました。

「出口さんの失語症はかなり重度ではあったのですが、言語聴覚士が一般的に学校で習うようなイメージで訓練を進めていくと、本人が望んでいない形での進め方になってしまうだろうし、最終的に本人の希望である学長に復帰するという意向に沿えない結果になってしまうのではないかと……。

それでいろいろ検討していったところ、このやり方なら出口さんを治せるのではないかと思ったのが『全体構造法』という方法です。まだマイナーなやり方で取り組んでいる人は少なく、私も導入した経験は少なかったのですが、改めて勉強して取り組むことにしました。勉強不足で申し訳なかったのですが、それぐらいしないと、出口さんの期待には応えられないと思いました」（瀬尾さん）

人間が言葉を学ぶ過程を再びたどる

少し専門的な話になりますが、僕の言語に関するリハビリの中心になったので、全体構造法について触れておきましょう。

全体構造法とは、人間の脳が自国語を獲得していく自然な道筋に沿って、その土台から順に、もう一度構築していこうとする考え方に基づく訓練法です。イメージとしては、赤ちゃんが人間の言葉を学んでいく過程をそのままたどって、言語能力を再獲得するようなやり方です。

言語聴覚士向けのテキストには、全体構造法の基本について次のように書かれています。

1．言語活動の出発点を、聴くことと話すことである音声言語におくこと。
2．音声言語の聞き取りを、健常である私たちの知覚構造段階からではなく、失語症患者の側の今の知覚構造段階から考え始めること。
3．どのような失語症であろうと、実体ある一人の全体として、能動的に機能している人間の言語活動として対処すること。
4．問題点は、言語の機能の中、つまり生きたその人の〝使用体験〟の中でこそ考えられ構造化が進められなくてはならないこと。
5．人為的な普遍構想や機能図ではなく、自国語の固有のコミュニケーション過程から言語体系の習得をめざすこと。

（米本恭三監修　道関京子編著『新版　失語症のリハビリテーション　全体構造法　基本編』医歯薬出版）

一般的な言語障害のリハビリとしては、たとえば話す力に障害があっても聴く力が比較的保たれているときは、まず聴く力を少しずつ伸ばしていって、それに伴い他の力も少しずつ上げていくような進め方になります。

話す力に障害があるのにいきなり話すことのリハビリをすると、患者にとっては苦痛なことが多く、精神的にも落ち込みやすくなるという考えからです。

それに対して全体構造法では、赤ちゃんが言葉は話せなくても「あ」という音声一つで、「あっ!」と驚きを表現したり、「あーあ」とがっかりした気持ちを伝えたりして、意志の疎通を行うような地点から訓練をスタートします。

話し言葉には音と単語、文法規則だけではなく、抑揚やリズム、気持ちや情感などが含まれています。これらをプロソディといい、コミュニケーションや言語の習得で重要な役割を果たしています。その意味では言葉によるコミュニケーションの土台のところから、作りなおそうというわけです。

この方法を導入するのは、瀬尾さんにとっても大きな挑戦だったようです。

「出口さんが転院されてきたとき、奥様から『もちろん歩けるようになったほうがよいですが、歩けなくても話せるようになれば。世の中から求められているのは、この人の言葉ですから』というお話があって、生半可な気持ちで取り組んでは期待に応えられないし、失礼だと思いました。

これだけ重度の失語症の方で、これほど高い目標を持ってあきらめない姿勢の人を私はまだ見たことがありませんでした。70歳を超え脳卒中で重度の障害が出たら、普通は自宅に戻るか介護施設に入るかという話になり、自宅生活への復帰を目標にしてリハビリを行います。しかし出口さんの目標は学長職への復職で、講演も単身赴任もしたいと言いました。飛び抜けて目標が高いんです。大学の学長という先入観もありましたが、担当者として接してみると、さまざまな場面で普通の患者さんとは違う印象も受けました。

その出口さんの掲げた目標に対し、全体構造法は話すことをあきらめないやり方なので、リハビリのメインに据えようと考えました。リハビリでは従来からやっている方法も使っていますが、やはり勉強して新しいことをやっていかないと、復職できる水準に持っていくのは難しいですから」（瀬尾さん）

瀬尾さんは全体構造法の勉強会への参加を始めたほか、関連する学会にも加入して、新しいやり方の習得に取り組んでくれました。

リハビリの内容がどんどん進化していく中で、僕は以前に歴史学者の呉座勇一さんと対談した時のことを思い出しました。歴史のことを熱く語りあい、とても楽しい時間を過ごしました。その中で自分の旅の思い出も話しました。「以前イタリアのシエナという町を訪れたときに壁に『悪い政府』という寓意画が描かれていて、下の方にはロバに荷物を積んで夜逃げしている民衆の姿が描かれていました。それを見た時に、人間にとって好きなところに移動できる自由は大きいと感じたのです。中世はそういう意味で自由な社会だ」という趣旨の発言でした。この頃は「好きなところに移動する自由」に強く憧れていました。

身体を動かしながら声を出す意味

僕のリハビリを担当する言語聴覚士は3人で、瀬尾さんが担当の日は主に全体構造法のアプローチ、それ以外の人が担当の日は、一般的な言語聴覚療法のやり方で進められていきました。

当初に立てられた目標は「あ・い・う・え・お」の母音をしっかり獲得すること。活字にすると「アー」という音が「ヴェー」という感じに歪んでしまい、きれいに出ない状態だったので、単語を発話する前の段階として、母音をしっかり出せるようにする必要がありました。

しかも単に発声練習として「あ・い・う・え・お」と言えるようにするのではなく、ちゃんと意図した「あ」という音を、自然に出せるようにする。それも単に文字を読み上げるのではなく、身体を動かしながら出し方のイメージをつかんでいく。

つまり、言語聴覚士が患者に「あ」という文字を見せ、「これは何の文字ですか」と尋ねて「あ」と答えさせ、「では『あ』と言ってみましょう」といったやり方ではなく、患者が身体を動かしながら、意図を持って発音していきます。

たとえば転院したばかりの2月中旬には、次のような訓練を行いました。

いすに座り、瀬尾さんが僕の動くほうの左手を持ち、驚きの「えっ」、「えー」

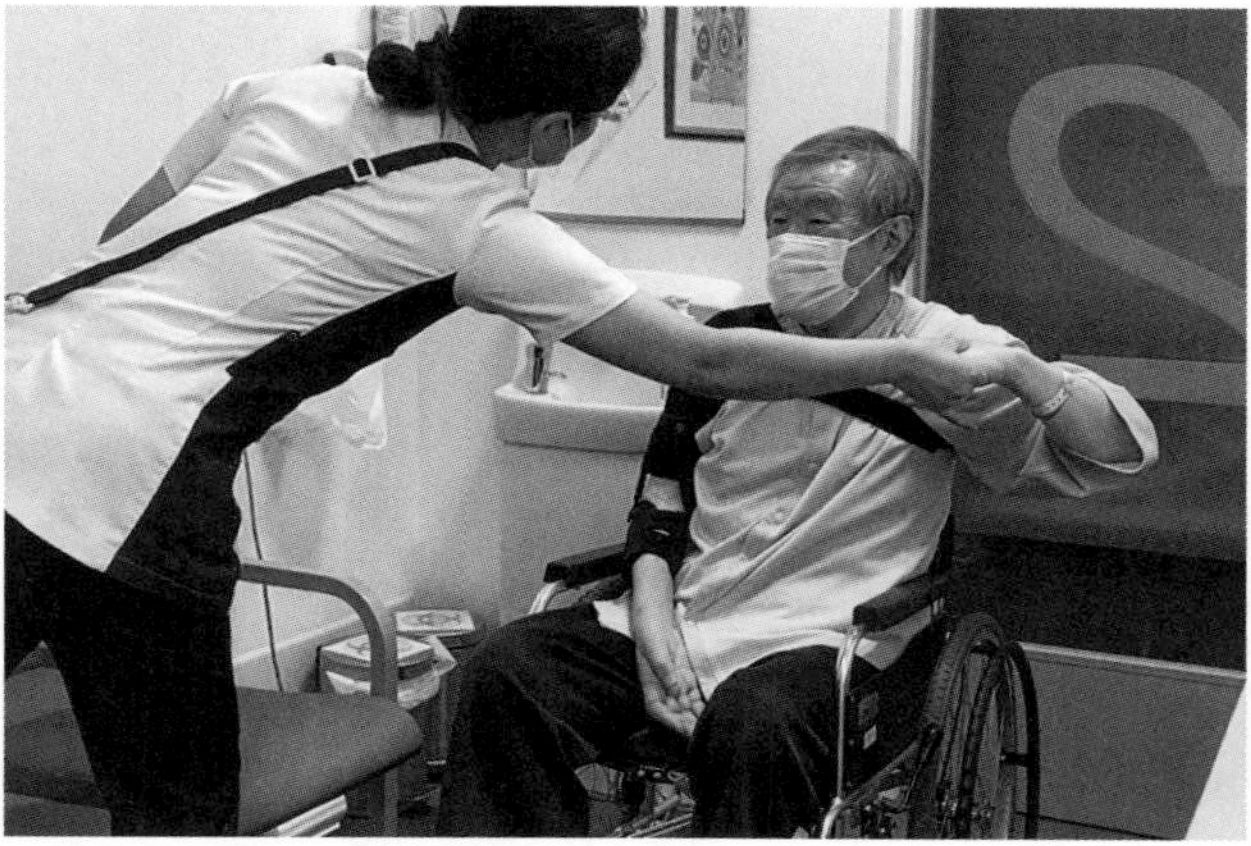

僕は恥ずかしがる様子もなく「いーっ」と発音しています。瀬尾さんは僕は感情豊かに表現することが上手だと褒めてくれました。

を発音しながら前腕を上げる動きを数回示したあと、実際に僕が「えっ」、「えー」を発音しながら前腕を上げていきます。

このとき、動かないほうの右腕はおなかの上にのせて、音を発するときの振動が感じられるようにしています。

赤ちゃんがやっているように、身体を動かして振動を感じながらどんどん声を出していくことにより、改めて言葉を認識し直していくのです。

これをがっかりの「えー」や問いかけの「えー」などについても行い、「え」という音の使い分けができるようにして、母音だけで意志の表出やコミュニケーションができる地点を目指していきました。

ただ、当時の訓練の様子を撮影したビデオを見返すと、指示は「え」なのに対し、「え」ではなく、「あ」になったりしています。この段階では、指示された音を聞いて、見て真似するのにも四苦八苦していました。

指導を受け入れる人、受け入れられない人

リハビリをスタートした2月の時点では、その理論や方法論について、僕はまったく理解していませんでした。

最初の説明は「身体を使って声を出していきましょう」というくらいでしたし、当時は理解力そのものが落ちていますから、詳しく説明されたとしても理解するのは難しかったでしょう。

僕はしゃべれないもどかしさと、早く話せるようになりたい一心で、プロフェッショナルである言語聴覚士の指示にしたがって一所懸命リハビリに取り組みま

した。

ただ、患者のなかには言語聴覚士の指導を受け入れられず、あまり前向きにリハビリを受けないケースもあるようです。

「いきなり『身体を動かしながら声を出しましょう』と言われても、『何のためにやるの？』と疑問や警戒心を持つ患者さんもいますし、とくに男性では『こんなことをやるのは恥ずかしい』という人もいます。患者さんがリハビリでやることに疑いを持ち、受け入れるのに時間がかかるようなことは珍しくはありません。

ところが出口さんは疑いを持たず、私たちが言ったことに真面目に一所懸命取り組んでくれました。嫌な表情をしているところは一度も見たことがありませんし、こちらを無条件に信用してくれている印象でした。心から一所懸命リハビリに取り組まれた結果、リハビリの進捗は早くなったと思います」（瀬尾さん）

言語聴覚療法の時間は、身体を動かしながら発声し母音を獲得する訓練のほかに、言葉を耳で聴いて理解する力を伸ばすために、言語聴覚士が言葉で質問した内容に反応する訓練や、僕は高次脳機能障害で注意障害もあったので、注意力を上げるトレーニングなども行っていきました。

リハビリに『恋の予感』

変わったところでは、訓練の一つとして歌を歌いました。普段は言葉が出ない重症の失語症患者でも、童謡などなら歌える人が多いそうです。脳の中の言葉を考えて話す指令を出すルートと、歌の指令を出すルートはおそらく異なるのでしょう。

僕も歌は好きです。最初は童謡からはじめましたが、「出口さん向きではない」（瀬尾さん）ということで、僕の好きな安全地帯の曲をタブレットで検索して、曲に合わせて歌いました。

よく歌ったのは『恋の予感』です。スローテンポなこともあり、他の歌に比べて歌詞も言いやすい。

歌っているときは抑揚やリズム、声を伸ばすことなどを含め、自分の思った通りに言葉を出しやすいので、歌を歌うのにはストレス発散や自信をつける意図もあったそうです。

「たとえば普段は言えない『キャンドル』という言葉が、歌では無意識にふわっと出てくる」（瀬尾さん）という効果もあります。身体がおぼえているのかもしれません。

自然に口から出てくる身近な言葉としては、あいさつ語もあります。言葉を表出する練習の一つとして、あいさつ語にも取り組みました。

言語聴覚士の人たちは、丁寧な言い方をするとしゃべる文字数が増えてしまい、発音しにくくなるので、「ありがとう」、「お疲れ」と簡単に言ってほしかったようですが、僕は性に合わないので「ありがとうございます」、「お疲れさまでした」と丁寧な言い方を貫きました。ここだけは、スタッフの言うことをあまり聞かなかったところです。

タブレット操作も一から練習

3月に入ると、タブレットを自分で操作する練習もはじまりました。

高次脳機能障害には、遂行機能障害という症状があります。これは、自分で計画を立て、ものごとを実行することができない、人に指示してもらわないと何もできない、といった障害が出るものです。

僕もこの障害があって、最初はどうすれば電源が入るかわからなかったり、タブレットを置く向きを間違えてしまったりというレベルで、使い方がわかりませんでした。

しかしタブレットやスマホは退院後、仕事で必要になります。それを考慮して訓練に取り入れられました。

タブレット操作と失語症は直接の関係はありませんが、「パスワードを入力して画面を開いてください」と指示されて、試行錯誤するような訓練もやりました。パスワードは文字や数字でできていますから、一つひとつ選んで入力するのは苦労するのです。それでも3月の末頃には、自分でタブレットを操作できるようになりました。

こうした言語聴覚療法の時間内に行う訓練に加えて、瀬尾さんからはリハビリの時間外に行うようプリントの「宿題」が出されました。

リハビリテーションの間を縫って、自主的にトレーニングも行いました。テーマを自由に決めて文章を作成します。今後の生活のことや世界史で関心が高いテーマなども書き込みました。また世界史の問題を解いたり、漢字の書き取りなども欠かしませんでした。

最初は自分の名前と生年月日について、お手本を見ながら大きな字で書いていき、できるようになったらお手本をなくして書き、小さな字で書き、それらをクリアしたら今度は家族の名前を書き、リハビリの時間に読み上げるというように、どんどん内容を広げながら、練習していきました。

当初は妻や子どもの名前を書き間違えてしまったり、妻の欄に自分の名前を書いてしまったり。しかも字を書くのは利き手ではない、麻痺のない左手なので、非常に時間がかかりましたが、何より僕はできる限り早く復職したかったのです。なので、瀬尾さんがこちらの疲労を気遣って「今日はどうしましょうか」というときも、宿題は毎日出してもらい、取り組んでいきました。

文字を書くことに関しては、宿題とは別に、転院する前から自分で練習を始めていました。これについては、あとで触れることにしましょう。

プロフェッショナルに全て任せる

リハビリの開始から1ヵ月以上が過ぎた3月の半ば頃になると、母音の発音はかなり安定するようになりました。

練習内容も「いーえー」などと母音から別の音につなげて発声したり、同じ音だけでもその高低や長短をコントロールしたりする訓練をかなり行いました。

実のところ、身体を使いながら発音するリハビリについて僕は当初、「簡単にできるようになるだろう」と軽く考えていました。

しかし、以前より進歩しているとはいっても、自分の想定していた回復スピードには程遠く、焦る気持ちがありました。もっと話したいこと、みんなに伝えたいことはいっぱいあるし、何よりこのレベルでは復職には至りません。

だからといって、不安や自暴自棄になることはありませんでした。思っていたより回復スピードが遅かったとしても、プロフェッショナルであるリハビリの専門家たちの指導に任せるしか僕には方法はないのです。

必ずよくなると信じて毎日、一所懸命リハビリに取り組み続けました。

20世紀のフランスを代表する作家マルセル・プルーストは、『失われた時を求めて』で、「真の発見の旅とは、新しい風景を求めることではなく、新しいものの見方を得ることだ」という言葉を記しています。僕もリハビリを続けながら、いろいろな発見がありました。旅ではないのですが、新しいものの見方が加わったように感じていました。

人間は本来、移動するヒト（ホモ・モビリタス）です。真の発見を求めて、自由に移動するためにリハビリを行っているのだと腹落ちしました。

【参考文献・資料】

一般社団法人　日本リハビリテーション医学教育推進機構／一般社団法人　回復期リハビリテーション病棟協会／一般社団法人　地域包括ケア病棟協会／公益社団法人　日本リハビリテーション医学会監修　久保俊一／三上靖夫総編集『回復期のリハビリテーション医学・医療テキスト』医学書院
永田泉監修『急性期の検査・治療・看護・リハビリまで　やさしくわかる脳卒中』照林社
加藤正弘／小嶋知幸監修『失語症のすべてがわかる本』講談社
山鳥重『言葉と脳と心——失語症とは何か』講談社現代新書
米本恭三監修　道関京子編著『新版　失語症のリハビリテーション　全体構造法　基本編』医歯薬出版
道関京子編著『全体構造法でとり組む失語症の在宅リハビリ』医歯薬出版
国立障害者リハビリテーションセンター「高次脳機能障害を理解する」
http://www.rehab.go.jp/brain_fukyu/rikai/
出口治明『哲学と宗教全史』ダイヤモンド社

第５章

入院生活とリハビリの「自主トレ」

「回復期リハビリ病棟」とは何か

僕は脳卒中を発症する前から、「何かについて知っているほど、人生の選択肢は増える。勉強はしんどいが、勉強した分だけ選択肢が増えていろいろな物事を自分で選べるようになる。選択肢が増えれば増えるほど、人生は楽しい」と考えていました。リハビリの入院生活も、僕なりに工夫を凝らしました。

病院生活で僕は1日最大3時間のリハビリ治療に取り組みましたが、それ以外の生活時間は基本的に自由であり、この時間をどのように過ごすのかも回復のためには重要です。病院で提供されるリハビリ以外にも、自主トレーニングが必要なのです。

ただし、自主トレにも制限があって、許可されたものだけに限られます。僕の場合、歩く練習は転倒リスクがあるため許可されておらず、座ってできる安全なものをやりました。

何かを選べば、結果として何かをあきらめなければならない。何かを決めるときのこうした「トレードオフ」の考え方は、リハビリの選択ではその時々で必要となりました。

リハビリ病院における僕の生活や自主トレについて触れる前提として、そもそも回復期リハビリテーション病棟とはどのような性質の施設かについて説明しておきましょう。

前述したように、脳卒中の経過は急性期、回復期、生活期というフェーズをたどります。急性期は「とにかく安静にしなければ」というイメージがありますが、必要以上に安静にしていると、だんだん心身の機能が低下していきます。

これを廃用症候群といい、筋力や筋量の低下、関節が固まって動きが悪くなる拘縮、循環血液量の低下、認知機能の低下、うつ状態など影響は広範囲にわたり、生活に必要な機能はもちろん、生命の維持にも悪影響を及ぼします。

そこで近年は脳卒中の症状を見て、リスクがない場合はできるだけ早くリハビリ治療が実施されるようになっています。

回復期リハビリテーション病棟は、症状が安定し急性期を脱した後の患者に対し、リハビリを実施するための施設です。

国の医療の制度として回復期リハビリテーション病棟がはじまったのは2000年4月、医療費の診療報酬改定で「回復期リハビリテーション病棟入院料」が導入されたときにさかのぼります。

診療報酬とは病院や薬局などが行う診療行為やサービスに対し、公的医療保険から支払われる報酬で、公的医療保険が適用される診療行為の範囲は厚生労働省の告示で定められています。

回復期リハビリテーション病棟がはじまる以前のリハビリ医療は、温泉地や郊外などにある医療施設に転院して行うことが主体で、看護体制も完全看護でない場合が多かったそうです。

これに対して回復期リハビリテーション病棟制度は、身近な地域での集中的なリハビリテーション医療の提供が目指されました。

日常生活を送るために最低限必要な動作をADL（日常生活動作）といいます。

具体的には寝返りや起き上がりの起居動作、車いすへ乗り移る移乗、歩行や車いす使用による移動、食事、更衣、排泄、入浴、歯磨きや洗面などの整容を指します。

回復期リハビリテーション病棟とは、このADLの能力向上や、失語症のリハビリによるコミュニケーション能力の向上で、寝たきりの防止と家庭への復帰、そして社会での活動への復帰を目指し、リハビリ治療を集中的に行う病棟と大別できます。

入院できる疾患と期間は厚生労働省によって定められていて、リハビリは1単位20分で、1日に最大9単位、すなわち1日に受けられる上限は3時間と決められています。

病床数は一貫して増え続けており、2002年には1万6802床だったのが、2021年には9万1030床まで増加しました。

ただし、一口に回復期リハビリテーション病棟といっても、スタッフ配置の充実度や重症な患者への対応、在宅復帰率などによって6段階に分けられており、入院する場合はそれぞれの患者に合った病棟かどうかを確認することが大切です。

リハビリ病院での生活パターン

このように見ていくと、一般的にイメージされる病気になったときにかかる病院と、回復期リハビリテーション病棟では、性格が大きく異なるのがわかります。実際、病棟の内部はリハビリのためのスペースが大きく確保され、そこでは患者とスタッフがリハビリに取り組んでいて、一般病棟とは風景も雰囲気もかなり違います。

患者の入院期間は最大で6ヵ月と長期にわたることもあり、精神的な安らぎが重視され、最近は部屋のアメニティを充実させるなど、快適な空間づくりに取り組んでいる病院が増えています。原宿リハビリテーション病院は、まさにそうした潮流にある病院でした。

この病院では大部屋と個室が選択でき、僕は入院時からずっと大部屋で過ごしました。「刺激の多い大部屋がよい」と妻が希望したからです。

その後、ゆっくり過ごすために個室に移動しては、という話もありましたが、僕は引き続き大部屋を希望しました。個室に入ってもどうせ夜、寝るために戻るだけで、昼間は他の場所でリハビリや自主トレを行うからです。僕は前著『還暦からの底力』でも書きましたが、高齢者ホームの最高の立地場所は、例えば新宿・歌舞伎町ではないかと思ったりしています。都市で暮らしているほうが面白い。大部屋のほうが面白いと思ったのです。

病院では8時が朝食の時間で、介助や見守りが必要な患者には看護師が7時くらいから起こしにきました。

後に自立生活ができるようになってからは、僕は6時半くらいに起床し、7時に食堂へ行くのがルーティンでした。8時から食事が始まるので、それまでの時間に、新聞に目を通しました。

スタッフや妻には「タブレットで読めますよ」と勧められましたが、やはり新聞は紙のほうが僕には読みやすい。紙の読売新聞を購読しました。

リハビリの時間は8時40分からはじまりますが、どの時間にどのリハビリが入るのかはその日によってさまざまです。3時間という上限のあるなかで、それぞれの患者の必要性に応じて、特定の療法の時間を増やし、他の療法の時間を減らしたりもします。

僕は8時40分スタートだと食後すぐになってしまうので、ちょっと時間を置いてからスタートしたいとお願いしました。

左手で古典文学をなぞり書く

睡眠時間を8時間、リハビリの時間を3時間とすると、それ以外の時間が一日に13時間もある計算になります。

朝、起床すると僕は車いすで食堂に行き、リハビリの時間以外はそこのテーブルで自主トレや宿題を行っていました。

リハビリ病院に転院する前から、僕は自主的に文字を書く練習をはじめていました。右利きで右半身が麻痺していますから、左手で書けるようになる必要がありました。それに膨大な時間が急にできたのに、何もしなかったら暇で仕方がありません。こうした自主的な練習は、僕は「直観」で決めていました。「トレードオフ」も「直観」も、日本生命で働いていた時から大切にしていたことです。

日頃から読書をしたり様々なジャンルの人と会ったりして、経験の幅を広げようとしたことがリハビリにも生きたのかもしれません。

自主トレに使用したのは、ポプラ社から出版されている「えんぴつで」シリーズです。

このシリーズは古典文学の名作からえんぴつで書くのに合った内容の文章をピックアップし、一文字ずつなぞり書きできるようにした本です。書家の大迫閑歩《おおさこかんぽ》氏による手書き文字の本文とその現代語訳、解説、そしてなぞり書き用に薄く印刷された文で構成されています。

単に古典文学を読むだけではなく、文字を一つひとつたどりながらその内容を味わえるのがよいところで、なかなか外出できない入院生活の癒やしにもなりました。

2006年に発刊された『えんぴつで奥の細道』がシリーズ第1弾で、その後、日本の古典文学では『万葉集』や『源氏物語』、漢文では『論語』や『老子・荘子』など、多くの作品が発売されています。

僕は1冊分のなぞり書きを終えると、リハビリスタッフにお願いして妻に連絡してもらい、新しい本を送ってもらいました。新型コロナ禍で親族の面会も回数を制限されていたので、そうせざるを得なかったのです。

『枕草子』と漢詩の意外な関係

「えんぴつで」シリーズは第15弾まで発行されていて、日本三大随筆とされる『方丈記』、『徒然草』、『枕草子』のいずれもシリーズに入っていますが、僕は『枕草子』が断然好きです。

前の2冊はなんとなく暗い雰囲気が漂っていますが、『枕草子』には明るさがあるからです。

清少納言は当時の教養人のたしなみであった漢文学に親しみ、史書や漢詩を読みこなし、機知に富んでいました。人を見る目もしっかりしている。紫式部もそうですが、めちゃくちゃ賢い人です。

『枕草子』には「香炉峰の雪」という有名なエピソードがあり、「えんぴつで」シ

リーズにも掲載されています。（以下、「えんぴつで」シリーズはすべてポプラ社刊）

雪のいと高う降りたるを、例ならず御格子まゐりて、炭櫃に火おこして、物語などして集りさぶらふに、「少納言よ、香炉峰の雪いかならん」と仰せらるれば、御格子上げさせて、御簾を高くあげたれば、わらはせ給ふ。人々も「さることは知り、歌などにさへ歌へど、思ひこそよらざりつれ。なほ、この宮の人には、さべきなめり」といふ。

（『えんぴつで枕草子　簡易版』）

中宮定子《ていし》から「雪がたいそう降り積もっているけれど、香炉峰の雪はどうですか」と問いかけられ、清少納言が御簾《みす》を高く上げてみせると定子が「よくわかっていますね」と笑い、同輩からも賞賛されたという話です。

清少納言の機知や宮廷女房の風雅な振る舞いを表す章段ですが、その下敷きになっているのが白居易《はくきょい》（白楽天）の詩の一節、「（布団から起きるのも億劫なので）香炉峰雪　撥簾看（香炉峰の雪は簾をかかげて看る）」です。これは唐の官僚でもあった白居易が政争に巻き込まれ、地方へ左遷されたときの詩です。

白居易の詩文集『白氏文集《はくしもんじゅう》』は、この時代の日本ではよく読まれていました。定子はこの詩に引っ掛けてなぞかけを投げかけ、清少納言は見事に回答したというわけです。

このようなエピソードが生まれるほど、白居易の詩句は当時の常識になっていました。

「歳月は人を待たず」に関する誤解

白居易をはじめとする漢詩も、僕は自主トレに使いました。

僕の好きな作品に、陶淵明《とうえんめい》の「雑詩」があります。「歳月は人を待たず」という誰もが知っていることわざがありますが、これは「雑詩」のなかの一句です。

「歳月は人を待たず」とは、時がたつのは早いので寸暇を惜しんで勉強に励まなければいけないと理解している人が多いのですが、実は詩句の全体を読むと決してそうではありません。

「雑詩」の全文と現代語訳は次のようになっています。

人生無根蔕
飄如陌上塵
分散逐風転
此已非常身
落地為兄弟
何必骨肉親
得歓当作楽
斗酒聚比隣
盛年不重来
一日難再晨
及時当勉励
歳月不待人

人生　根蔕《こんたい》無く
飄《ひょう》として陌上《はくじょう》の塵《ちり》の如《ごと》し
分散し　風を逐《お》いて転ず
此《こ》れ已《すで》に常の身に非《あら》ず
地に落ちて兄弟《けいてい》と為《な》る
何ぞ必《かなら》ずしも骨肉《こつにく》の親《しん》のみならんや
歓《かん》を得ては　当《まさ》に楽しみを作《な》すべし
斗《と》酒《しゅ》もて比《ひ》隣《りん》を聚《あつ》めん
盛年は重《かさ》ねて来《きた》らず
一日《いちじつ》は再び晨《あさ》になり難し
時に及んで当《まさ》に勉励《べんれい》すべし
歳月は人を待たず

人生には支えてくれる根がなく、定めなく飄《さま》よう様子は路傍の塵のよう。散り散りに風に吹かれて転じ、常に不変の身ではありえない。ひとたび地上に生れ落ちて、兄弟となるが、必ずしも血を分けた肉親でなければならぬということはない。歓《よろこ》ばしいことがあれば、わずか斗《ます》いっぱいの酒でも、隣近所の人々を集めて楽しもう。血気さかんな若い時代は、二度とやってくることはない。この一日は、ふたたびもとの朝にはならないのだ。だからこそ、その時を逃さずに、なにごともつとめはげむべきである。歳月は人を待ってくれないのだから。

（『えんぴつで漢詩　簡易版』）

このように全体の文脈からは、励むべきといっているのは勉強ではなく、人生の楽しみのことだとわかります。実によい詩です。

僕は人生「悔いなし、貯金なし」をモットーにしています。人生は一回きりですから、やりたいことは全部やる。死ぬときに「あれもやっておけばよかった、これもやっておけばよかった」と悔いを残す人生が一番つまらない。好きなことをやるのがいちばん楽しい人生だと思います。

リハビリ中は中断されているAPUの校務への復帰、新たな人との出会いなどやりたいことが思い浮かび楽しい気分になりました。

陶淵明は酒についてたくさん歌った人で、死ぬにあたって心残りなのは十分に酒を飲まなかったことだ、という詩もあるくらいです。

酒を歌った中国の詩人では、陶淵明とともに李《り》白《はく》が有名です。詩仙と称される李白は、浪漫主義の作風が素晴らしい。

静夜思

牀前看月光
疑是地上霜
挙頭望山月

牀前《しょうぜん》に月光を看る
疑うらくは是《こ》れ地上の霜かと
頭《こうべ》を挙げて山月を望み

低頭思故郷　　頭《こうべ》を低れて故郷を思う

もの静かな秋の夜、寝台の近くにさしこんできた月の白い光を見て、地上に降った霜かと疑ったものだ。霜に見えたその光をたどって、頭をあげてみると、山の端に月がかかっている。山月を眺めているうちに、わたしはいつしか頭をたれて望郷の念にひたってしまった。

（『えんぴつで漢詩　簡易版』）

利き手ではない左手で詩をなぞり書きしていると、僕も故郷が思い出されました。自然に恵まれた懐かしい田舎です。

心の旅に誘う『奥の細道』

自由に好きな土地へ行くのが制限される入院生活でも、このように優れた古典文学に触れていると、心はさまざまな時代や土地へと自由自在に移動し、想像を豊かに膨らませることができます。

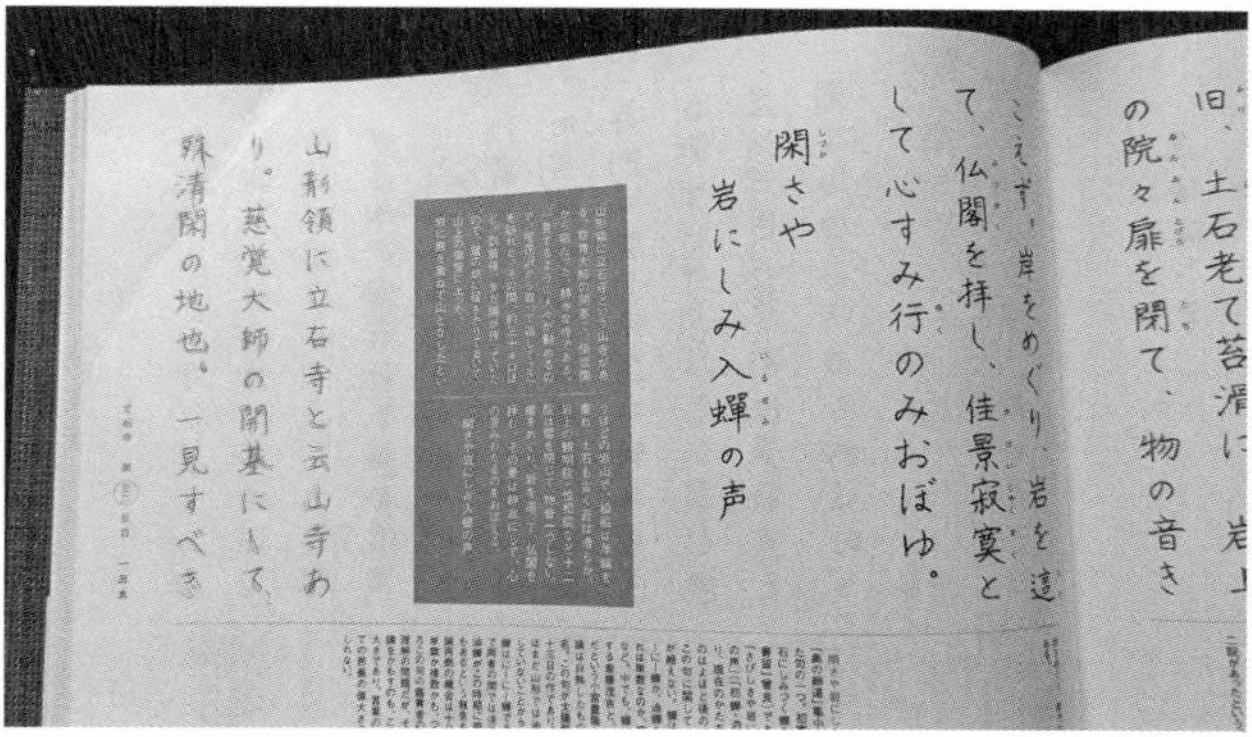

「えんぴつで」シリーズの『奥の細道』。山形の立石寺に立ち寄ったときに詠んだ句です。このシリーズは、古典文学に触れたい人、学びたい人だけでなく、美しい文字を書く練習や脳トレ用の本としても使われているそうです。

僕が心を揺さぶられたのは、なんといっても松尾芭蕉の『奥の細道』でした。「月日は百代の過客にして、行かふ年も又旅人也（月日は二度と還らぬ旅人であり、行きかう年もまた同じ）」という序文からはじまる『奥の細道』は、深川の芭蕉庵からスタートして北へ向かい、白河の関を越えて奥州に入り、人の勧めで予定にはなかった山形の立《りっ》石寺《しゃくじ》に立ち寄ったところで、芭蕉はかの有名な句を残します。

閑《しずか》さや岩にしみ入《いる》蝉《せみ》の声

さらに日本三大急流の一つ、最上川を下り、次の句を詠みました。

五月雨《さみだれ》をあつめて早し最上川

こちらもよく知られています。

僕と出身地が三重県上野市と同じ芭蕉の散文と俳句をなぞり書きしていると、描写されている風景だけでなく、自ずと故郷の思い出がよみがえってきました。弟と一緒にセミを捕まえに入った山や、家の近くを流れていた雲出川《くもず》の清流、あるいは母親のこと。

ガキ大将だった僕は母親からよく、「ごういらす」（広島県の方言）だといわれました。方言で「世話をやかせる、面倒をかける」という意味の言葉で、そんな風にぼやきながらも、生意気で手のかかる子どもだった僕の個性をつぶさない、優しい人でした。

僕が脳出血を起こした日は、母の四十九日の法要を営むために帰省をしようとした当日だったことは本書の冒頭で述べました。僕が脳出血を起こしたのが、母の死後だったことは本当に良かったと今では思っています。老いてからも、僕のやんちゃぶりをいつも心配していた母でした。脳出血のことを知ったら、自分の病気以上に心を痛めたに違いありません。四十九日で母の往生を祈ることはできませんでしたが、せめてもの親孝行をしたのかもしれません。

呼び起こされるヨーロッパの記憶

食堂のテーブルで自主トレをしていると、時おり、他の入院患者から「頑張っていますね」と声をかけられました。嬉しかったですね。

リハビリの時間以外は起きている間、ずっと机に向かっていますから、一人で歩ける話好きな人が話しかけてくれたのです。ただ、僕はほとんど言葉が出ないので、笑顔でうなずくくらいしかできなかったのですが。

リハビリのスタッフも、手が空いているときによく話しかけてくれました。たくさん会話はできなくても、そんなちょっとしたやり取りが入院中はありました。

原宿リハビリテーション病院の主治医である鈴木暁氏が撮影した世界各国の写真が病棟の通路に飾られています。その風景を眺めながら、自分が旅した場所の風景、出会った人々のことを懐かしく思い出しました。

僕が入院していた6階の通路には、主治医の鈴木暁《さとる》医師がヨーロッパで働いていた際、趣味で撮影した写真が大きく引き伸ばされ、壁にかけられていました。

ポルトガル・リスボンの旧市街であるアルファマの風景や、世界遺産に登録されているベレンの塔、ポルトのドン・ルイス1世橋。フランス・パリのサクレ・クール寺院、あるいはアイルランド・ダブリンの街角でおどける青年たちの姿――。

それらはどこも、僕も訪れたこ

とがある土地でした。写真は観光名所のよくあるスナップショットというより、それぞれの土地の生活や人々の動きを写し込んだものが多く、旅の記憶を大いに呼び起こしてくれました。

鈴木先生にはこちらから「僕もこの街に行きました。また行きたいですね」と話しかけました。

話しかけた、といっても入院中、僕はあまり言葉が出ない状態です。それでも付き合いが長くなるにつれ、向こうもこちらの言いたいことがわかってきます。すると、ますます話しかけたくなるのです。

再び旅に出るために

僕がヨーロッパで好きな街は、なんといっても「永遠の都」ローマで、これまでに30回以上訪れています。

なぜローマが好きかといえば、ローマ帝国の首都で、五賢帝の一人、ハドリアヌスの足跡が残る街だからです。

五賢帝と呼ばれた皇帝が連続して登場したのは96年から180年までの間で、この5人は全員血縁関係のない養子です。昔の日本の商家でも、息子の出来が悪くて「商売は無理だな」と判断すると、娘を賢い番頭さんと結婚させて後継者としたりしました。賢い方法だと思います。

100年近い歳月、それほど大きな戦争もなく栄え続けたのは、人類の500年の歴史のなかでも稀有なことです。やや大げさな表現ですが、18世紀のイギリスの歴史家、エドワード・ギボンは『ローマ帝国衰亡史』でこの時代を「人類の最も幸福な時代」と呼びました。

ハドリアヌスは超一級の政治家でしたが旧習にとらわれず、ひげを生やした同性愛者でもありました。パンテオンを再建し、ローマが「永遠の都」と呼ばれるようになったのも彼の時代でした。ひたすら格好良いのです。

僕のローマ好きは、ハドリアヌスが晩年に人生を振り返る設定の歴史小説『ハドリアヌス帝の回想』の影響もあります。著者はフランスの作家、マルグリット・ユルスナールで、「無人島に1冊だけ本を持っていくとしたら」と聞かれたら、僕は迷わずこの本をあげるでしょう。

僕はホテルジャンキーだったので、主なローマのホテルは順番に泊まり歩きました。

最も気に入ったのは、スペイン階段の上にあるハスラーローマです。屋上のテラスからサン・ピエトロ大聖堂を眺めながらの朝食は格別です。別のホテルに宿泊したときでも、朝食だけはハスラーに行ったりもしました。

新型コロナが収束したら、また旅に出かけたい。そのためにも一所懸命リハビリに取り組もうと思いました。好きな土地を旅する自由は何にも代えがたいものです。

【参考文献・資料】
一般社団法人　日本リハビリテーション医学教育推進機構／一般社団法人　回復期リハビリテーション病棟協会／一般社団法人　地域包括ケア病棟協会／公益社団法人　日本リハビリテーション医学会監修　久保俊一／三上靖夫総編集『回復期のリハビリテーション医学・医療テキスト』医学書院
回復期リハビリテーション病棟協会「年度毎　病床届出数及び累計数」
http://www.rehabili.jp/publications/sourcebook/graf/graf1.pdf

日本看護協会「診療報酬について」
https://www.nurse.or.jp/nursing/practice/health_system/fee/index.html
日本リハビリテーション病院・施設協会／全国回復期リハビリテーション病棟連絡協議会編集『回復期リハビリテーション病棟[第2版]』三輪書店
丸石正治『患者様・ご家族のための回復期リハビリテーション』ニューロエビデンス社
大迫閑歩書　藤本宗利監修『えんぴつで枕草子　簡易版』ポプラ社
大迫閑歩書　林田愼之助監修『えんぴつで漢詩　簡易版』ポプラ社
石川忠久『漢詩をよむ　陶淵明詩選』（ＮＨＫライブラリー）日本放送出版協会
大迫閑歩書　伊藤洋監修『えんぴつで奥の細道　簡易版』ポプラ社
出口治明『全世界史』新潮文庫
朝日新聞「魂のサプリメント　ハドリアヌス帝が築いたローマ　帰りたくなる『永遠の都』」２０２０年７月13日
出口治明『本の「使い方」』ＫＡＤＯＫＡＷＡ

第６章

リハビリ入院の折り返し

リハビリの「トレードオフ」

リハビリ中心の生活にも慣れてきましたが、僕はいつごろ校務に復帰できるだろうかと、自分なりにスケジュールを考え始めていました。

どの入院患者も、だいたい3ヵ月くらいで身体機能の基礎が出来上がるそうです。リハビリ病院に入院できる期間は最大6ヵ月なので、入院後3ヵ月が折り返し地点となり、退院後の生活に向けてリハビリ内容の見直しが行われます。

それまでのリハビリの効果を見て、残りの限られた期間のなかで、現実的に実現が難しい目標に向かって無理な訓練をするよりも、自宅や社会に戻ったときの生活を見据えた訓練にシフトする必要があります。

僕は入院から3ヵ月が経過した5月の面談で、理学療法士の樗木《おてき》慎也さんから電動車いす使用の提案を受けました。

それまで僕は、普通に街を歩けるように、装具なしで歩けるようになることを目指して歩行訓練をがんばってきましたが、そこに多くのリハビリ時間を費やすより、退院後の生活を考えると電動車いすの練習をしたほうがよいのではないか、との提案でした。

「出口さんと3ヵ月間一緒にがんばってきて、無意識下で足を支える能力はついてきたのですが、ずっとご自身の意志で足を曲げたり伸ばしたりすることはできませんでした。それは毎月の面談でお伝えしていましたし、出口さんも理解していたと思います。

出口さんの目標は高くて、優先順位の第1位が、学長へ復職し一人で自立した生活を送ることです。それが電動車いすで達成できるなら、そちらの練習をしたほうがいい、自分の足で外を一人で歩くのは諦めましょうとお伝えしました。

この面談の際、誰かの付き添いがあれば外を歩けますが、一人で自由に歩いてショッピングに出かけるようなことは無理ですと率直にお話しすると、すぐに『はい』と受け入れていただきましたが、少し涙ぐまれていたのが印象に残っています」（樗木さん）

実生活で外を歩く練習はしないという選択をとりましたが、ただし、歩く練習自体は継続しています。

こういう選択をするのは、リハビリ時間に上限があるため、トレードオフが発生するからです。前章でも触れましたが、リハビリでは選択を迫られる場面が必ず訪れます。

「やはり出口さんにとっては言葉の回復が最重要ですし、着替えや歯磨きといった生活面の練習も必要です。歩く練習はそうしたリハビリのなかの一つでしかなく、リハビリの時間は1日3時間までと定められています。言語にも生活にも時間を割きたいし、歩く練習にも割きたい。それは僕たちも同じ気持ちで、無限に時間があれば全部やってあげたいのですが……」（樗木さん）

電動車いすの運転が難しい理由

こうして電動車いすの練習が始まりましたが、習得は決して簡単ではありませんでした。

まず、当初は病院にある電動車いすを使って練習をはじめましたが、車いすをコントロールするための操作スティックが右側についている、左半身が麻痺した患者用のものしかありませんでした。

左半身の麻痺用しかないのは、脳卒中後に電動車いすを選択する人が少ないためです。というのは、脳卒中で障害が重い患者は高次脳機能障害もあって、電動車いすの操作をできる人が少ない一方で、障害が軽い場合は歩ける人が多い。結果、電動車いすをスポットで必要とする人が少ないのです。

また、家庭で誰かサポートする人がいれば電動車いすは必要ないため、それを選択して生活する人は少ないという事情もあります。それに対して僕は自分一人で屋外も移動したいという希望があったので、電動車いすが提案されたのです。

僕は右側が麻痺していますから、病院にある電動車いすは、操作スティックが動く左手の反対側にある形でした。それもあってか、最初はけっこう壁にぶつかったりしました。

そこで左側に操作スティックのある、右半身が麻痺している患者用の電動車いすをレンタルすることにしました。

「操作スティックが自分の動く手と反対側にあるから運転が難しいのではないかと予想される一方、免許こそ不要ですが電動車いすは原付を動かすようなものなので危険が伴うため、患者さんへの提案は、前例を踏まえながらかなり慎重に行っています。最初に病院にある電動車いすを使い、操作できるようになるかを精査したうえでレンタルを提案したかったのですが、『どうしても乗りたい』という本人の気持ちが強かったので、レンタルしていただくことにしました」（樗木さん）

動く左手側に操作スティックのある電動車いすを使って再び練習をはじめましたが、それでも操作ミスが多発しました。

難しいのは、適切な位置取りです。たとえば「廊下からこの部屋に入り、ここで止めてください」と指示されても、まず部屋の入口でぶつかり、切り返しが必要な角度の場所でも切り返しをせず、指定の位置に止めようとしてぶつかり、といった具合です。

止まった際のブレーキかけ忘れ防止も重要なポイントです。止めた際にブレーキをかけ忘れると、車いすが意図せず動いてしまうことがあり危険なので、この点は繰り返し指導を受けました。

樗木さんはあえてミスをさせて、ミスを何回かするうちにこのやり方ではダメだと気付かせたうえで指導することを繰り返す練習方法を取りました。

「電動車いすの操作は、健康な人なら最初は手こずるかもしれませんが、数時間もあればスムーズにできるようになると思います。しかし出口さんの場合は高次脳機能障害があり、複数の対象に注意を分配するのが難しかった。壁が近付いても操作スティックを離せなかったり、ぶつかった後にあわててしまい、操作ミスをしたりしました」（樗木さん）

申し訳ないことに、樗木さんの足を電動車いすで踏んでしまったこともあります。「道路交通法なら減点ですよ」とジョークで応じてもらいましたが、もちろんこちらは平謝りで、大いに反省しました。

でも現在は自分で言うのも憚られますが、上手になったと思います。自由に歩くことをあきらめた僕ですが、電動車いすで自由にいろいろ出かけることができるようになったことには感謝をしています。

段差を上がる練習をはじめた理由

電動車いすの使用が提案された背景として、僕の住宅環境もありました。早く別府に行きたい気持ちは強かったのですが、回復の度合いを考えると、退院したあとは東京の家で家族と過ごしながら在宅リハビリ治療に取り組んだほうがよいというのがリハビリスタッフの意見で、僕はこれを受け入れて、退院後しばらくは東京の家で暮らすと決まりました。

そして東京の自宅で生活するにあたり、生活環境の把握のため自宅内の情報や写真をスタッフに渡してチェックしてもらったところ、「これなら車いすベースで生活できそうだ」という判断があり、僕の仕事や人生でもっとも重要な言葉の訓練の時間の比率を上げ、歩く練習の比率を下げるという総合的な判断になったのです。

一方、転院3ヵ月で僕の装具は長いものから短いものにかわり、四点杖（接地部分が四点でしっかり床面を捉えられ、安定感のある杖）を使い、手伝いがあればなんとか少し歩けるようになっていました。それで自宅のなかでは車いすと装具なしの歩行で生活できるようになるのでは、というイメージを持てるようになったので、室内を装具なしで歩く練習にチャレンジしました。

また、僕の自宅は浴室へ行く途中に階段1段分の段差があり、車いすでは直接浴室に行くことができないと、写真のチェックでわかりました。

しかし、段差を自力で上がれれば、一人でお風呂に入れる可能性があります。そこで段差を上る練習もはじめました。

僕の内部にエネルギーが満ちてくるのを感じた時期でもありました。

日常生活動作を4ヵ月で再獲得

作業療法の面では、自分で着替え、手動の車いすをこいでお手洗いに行き、一人で用を済ますといった動作を一つひとつクリアしていき、6月に入ってからお風呂以外の日常生活は自立となりました。これは転院後4ヵ月目にあたります。

ただし、まだ入浴が日常生活のハードルとして残っていました。

「日常生活のなかで、一番難しいのが入浴です。浴室に入るには裸足になるし、お風呂では装具を外さなければいけません。理学療法で歩行の訓練を行っていましたが、それと並行して、自宅でシャワー浴を自分でできることを目標に練習を行いました。病棟の浴室で介入し、浴室のなかを杖で歩いて一緒にシャワーのところまで移動し、自分で体を洗ってもらい、次に機械の浴槽へ移動し、その乗り移りを訓練として行いました。なお、病院の浴槽は椅子に座ると、機械で沈んだり上がったりするようになっています」（市來《いちき》里美さん）

作業療法では日常生活動作の訓練と並行して、右手の訓練を行いました。たとえばテーブルの前に座ってタオルを置き、雑巾がけの要領で両手を前に伸ばし、戻す動作を繰り返す。回復過程では筋肉が硬直しやすくなるので、これを防ぐ目的もあります。

他にも筋肉に電気で刺激を与える電気療法や、鏡を用い、鏡に映された左手の動きがあたかも麻痺のある右手の動きであるように感じさせながら運動を行うミラー療法など、さまざまな試行錯誤を行いました。

残念ながら右手の機能はなかなか上がりにくい状態が続きましたが、僕にとって作業療法の時間はリラックスタイムになることが多くありました。電気療法の時間は寝た体勢ですることが多かったので、つい居眠りしてしまい——。

市來さんは手の訓練を行いつつ、言語聴覚療法で出された宿題で書いた内容について、僕に「教えてください」と質問してくれたりして、意識してリラックスできる時間をつくってくれました。

伸びが止まらない「書く力」

言語聴覚療法で出されるプリントの宿題は最初、自分の名前や生年月日を書くところからのスタートでしたが、言葉を思い浮かべてそれを書く、その単語の意味を書く。それができたら、今まで一番楽しかった旅行先はどの街で、どんな思い出があったかを書く、というように、瀬尾沙記江さんにうまく誘導されて、どんどん質問と書く内容が広がっていきました。

7月に入る頃のプリント宿題の内容は、記憶テストやクロスワードパズル、

「(五十音の)○からはじまる言葉を10個書いてください」、そして「××についてなるべく文章で書いてください」といった問題で構成されていました。「××」に入るのは都道府県名や国名、海外の地名で、参考文献を書き写すのではなく、自分の頭のなかに浮かんだ内容を文章にしていきます。

たとえば7月1日の宿題では、「長崎についてなるべく文章で書いてください」とのお題が出され、次のように書きました。

江戸幕府のいわゆる3大改革はそろって失敗だった。農政が時代を引っぱるとした時代は、とっくに時代のズレを人々に感じさせるには十分だった。当然のように3大改革が失敗に終わる。阿部正弘は十分なききいしきを胸に登場した。

安政の改革。ペリー開国を皮切に改革は、東大、海軍、陸軍など創立に及んだ。(東大、海軍、陸軍は前身の名)。海軍は創立の立場から出島を選んだ。(東大、陸軍は江戸)。但し、阿部正弘は必要十分な時間が残されていなかった。阿部正弘が病没する。明治いしんまで後数年足らずの出来事であった。

（原文ママ）

実際のプリントには鉛筆の手書きで回答を書いています。誤字脱字や漢字が思い出せずひらがなになっていたり、文字や文章があやしかったりする個所はありますが、毎日A4用紙の半分の文章を書いていきました。

「宿題について出口さんは完璧な回答をしたいので、ときどき市來さんや病棟の看護師さんにこっそりヒントを出してもらいながら、必ず完成させて持ってきました。疲れがたまっているときもありましたが、それでも本人は宿題を減らしたくないという気持ちを強く持っていました。

6月あたりから書く内容はどんどん難しくなっていき、私たちが知らない内容がたくさん出てきて検索が欠かせなくなり、いつの間にか私たちが教えてもらう形になりました。お題も最後のほうは『今日は何にしましょう』とこちらから聞き、『フランスにします』と自分で決め、それについて書くようになりました。

文字を書く力に関しては本当に伸びが止まらないという感じで、失語症でこれほど話し言葉が出ないのに、これだけ書ける人は異例です。利き手ではない左手で書くこと自体大変で、言葉もなかなか思い浮かばないのにこんな文章を書けるのはさすが、としかいいようがありません」（瀬尾さん）

僕は市來さんや瀬尾さんが書く内容について質問してきてくれて、どんどん自信がついてきました。講演を再び行える、ＡＰＵの留学生と討論ができると、嬉しい気持ちになったのです。

世界史の問題集にもチャレンジ

退院間近となった8月6日のプリント宿題では、ローマについて書いています。

現代のローマは、だれにその多くを負ってるのだろうか。ベルニーニ。教皇ウルバヌス8世、インノケンティウス10世、アレクサンデル7世各々の時代にベルニーニはその代表作品を送り続けた。

教皇ウルバヌスに対しては「アポロとダフネ」、天蓋（サン・ピエトロ）を、教皇インノケンティウスに対しては、ナヴォーナ広場に「四つの川の噴水」、「船の噴水」「聖テレジアの法悦」を、そして教皇アレクサンデルに対しては、サン・ピエトロ広場の大れっちゅうを。

「ローマはベルニーニのためにつくられた」。（原文ママ）

ベルニーニはバロック芸術を代表する芸術家で、歴代の教皇に用いられてローマを自らの作品で飾った人物です。やはりローマは素晴らしい。

プリント宿題に加えて、7月からは『新しい世界史B　チェック&チャレンジ』（山川出版社）という世界史の問題集の勉強も始めました。

「歴史や地理はもともと得意分野だったので、ものすごく書けたという側面はあると思いますが、私たちが出す宿題は、他の患者さんは皆さん大変苦労しながらやっています。健康な人なら簡単に感じられるプリント宿題も失語症の患者さんにはとても難しくて、リハビリの空き時間にやるだけでもしんどくなってしまう人が大半です。

ところが出口さんは宿題に加えて、自分で『えんぴつでシリーズ』や世界史の問題集などを持ってきて取り組んでいました。そんな例は見たことがありません。もっと障害の程度が軽い方ならあり得るかもしれませんが、出口さんくらいのしゃべる能力だと、同じような事例は他のスタッフに聞いてもないと思います」（瀬尾さん）

伸びる書く力、伸びない話す力

このように文字や文章を書く、読む力は非常に伸び、相手の話を聴いて理解する力もある程度伸びました。ただ、しゃべることに関しては転院時と比べ伸びてはいるものの、書く力の伸びと比較すると見劣りする、というのがこの時期の瀬尾さんの見方でした。

「7月頃はノート1ページが埋まるくらいの長文は書けても、しゃべるとなると場面によっては緊張もされるので、一言目がなかなか出てこず『昨日は眠れました』、『今日は疲れました』と2語くらいの短い文になってしまうことが多かったです。リハビリを開始したときのレベルを思えばこれだけでもすごいのですが、他が秀でていたので、しゃべることももっと伸びるはずだと私は考えていました。

言語聴覚療法の時間では全体構造法の練習に加え、プリント宿題で書いた文章を読み上げてもらいました。まだ声はあまり出ない状態でしたが、文字を読みながらだとけっこう出せたからです。読み間違えがあったときは、『もう1回お願いします。よく見てくださいね』と言って、自分で気づいてもらうようにしました。この頃はまだ言葉のひずみが強く、文字を追いながらでも何を言っているのか、ちょっと聞き取れないことも多かったです」（瀬尾さん）

6ヵ月にわたるリハビリの成果は？

8月10日、転院後6ヵ月が過ぎ、いよいよ原宿リハビリテーション病院を退院する日がやってきました。

6ヵ月間にわたりこの日に向けて、一所懸命リハビリに取り組んできた結果はどうなったか。

最初は苦戦した電動車いすの操作については、ミスしたことを何度も繰り返し練習した結果、「見守りがあれば大丈夫」(樗木さん)という水準になり、あとは後述する訪問リハビリに引き継ぐことになりました。

歩行に関しては、最初は2人の介助者が僕の身体を抱えて歩いていましたが、途中から介助者は1人になり、最終的には足を自分で出せるレベルになりました。

歩く距離は20m×5セットでのスタートからどんどん伸び、多いときは100m×5セットや1時間まるまる歩いたこともあります。

日常生活の面では前述した通り、すでに6月には着替えや洗面、お手洗いを自立でできるようになり、最低限の日常生活動作は獲得できました。実際、入院生活の最後のほうは自分で自由に病棟を移動し、自分の生活スタイルで行きたいときに洗面所へ行って顔を洗い、手洗いを済ませ、食堂のテーブルで勉強していました。

自宅でのお風呂は、退院直前には風呂場への段差を自分で上れる見当がつくま

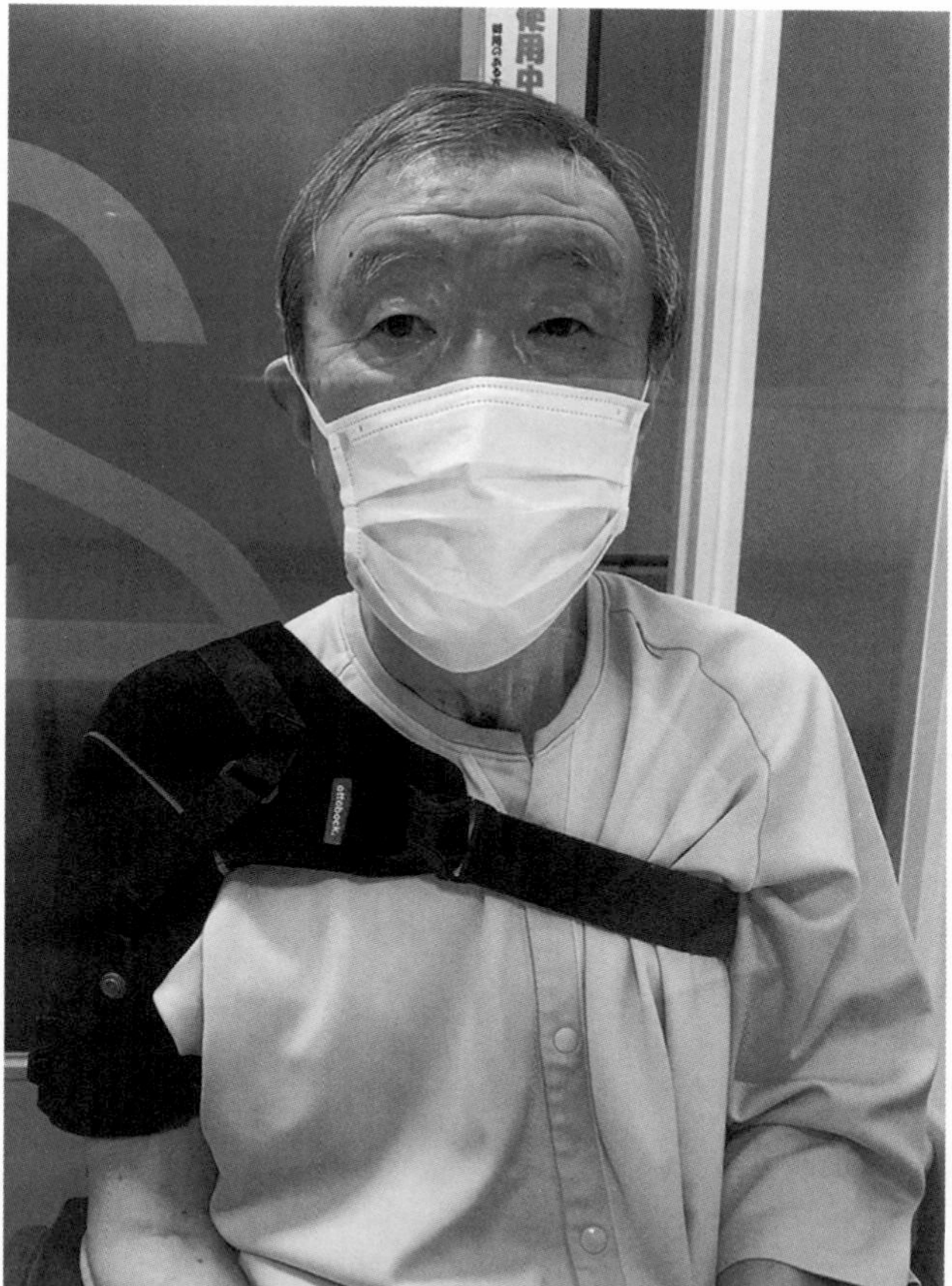

退院を前にした時期のリハビリです。言語聴覚士に「6ヵ月リハビリを頑張って一番に取り掛かりたい仕事は何ですか？」と尋ねられました。迷わず「校務」と答えています。APUの仕事に取り掛かりたいという強い思いからの発言です。

でになったので、訪問リハビリに引き継いで実場面で練習し、自立で行う訓練を進めていく予定となりました。

一方で麻痺のある右手は、何らかの動作を獲得するまでには至りませんでした。手はもともと細かい動きができる分、非常に繊細で、機能の回復には足よりも時間がかかるといわれています。

足の場合、床に接地して感覚が入る機会が多いのですが、片手で多くのことができるようになればなるほど、麻痺した手の存在を忘れてしまい、まったく使おうともしなくなるので、ますます回復への道筋が遠くなる傾向があります。なので、作業療法も訪問リハビリに引き継いで行うとともに、タオルを使った右手の自主トレを行うよう指示を受けました。

以上のように入院期間の半年で、別府へ単身赴任し自立した生活を送れるようになる、との目標には達しませんでしたが、その道筋をつけることはできました。

「入院期間のリハビリで、自宅のなかでは基本的に車いすで移動し、お風呂など段差のあるところは歩いていく、という使い分けができるところまで身体が出来上がりました。そして屋外は電動車いすで移動する、という形で、出口さんが暮らしたい生活にはたどり着けたと思います。

もしかすると外出時は誰かに車いすを押してもらうようにする、お風呂も誰かの付き添いをつけるかデイサービスに通う、という提案もあり得ましたが、最終的にはいろいろな手段を使いながら、一通り自分で生活できるところまで到達できて、本当によかったと思います」（樗木さん）

療法士の方々から褒められたことは、嬉しかった。僕のモットーは「迷ったらやる。迷ったら買う。迷ったら行く」です。「迷ったらやる」でリハビリを続けてきて良かったと胸が熱くなりました。

リハビリ指標が大幅に改善

指標面もリハビリ前と比べ、大きな前進がありました。

患者の日常生活に関連する動作の評価であるＦＩＭ（機能的自立度評価表）の点数は、リハビリ開始時点では１２６満点中45点でした。

それが7月13日での点数は97点となり、リハビリをはじめる前の倍以上に増えたのです。細かく見ていくと、運動機能が30点から72点へ、認知機能が15点から25点へとアップしました。

リハビリスタッフの感想は、「FIMは基準に達していないと点数としては表れない部分があるので、点数以上にもっと伸びている印象」（瀬尾さん）だそうです。

一方、失語症の検査である標準失語症検査は、転院する前、福岡の病院で受けたときは26項目中19項目で正答率がゼロでしたが、7月21日に受けた際に正答率がゼロだったのは2項目だけ。60％以上を取った項目は21項目ありました。

「点数が低い項目もありますが、言葉がちょっと歪んでいても点数は下がるので、実際にはもっとしゃべれている印象になるかもしれません。

転院してきたときは出口さんの意図を汲み取るのが難しい状態で、看護師さんたちからも『コミュニケーションノートを渡すなりして、何かしらコミュニケーションを取れる方法をつくってほしい』と要望を受けていました。しかし、私はなるべく代替手段を使わないでどんどんしゃべってもらい、病棟とも自分で意思表示をしてやりとりをしてもらいました。

その方針は本人にとっては非常に大変だったと思いますし、ストレスもあったと思います。しかし退院する頃にはコミュニケーションをとれないもやもやは、かなり晴れてきていたと思います。しゃべることに関して足りない部分はまだまだ多かったですが、文字で説明することもできるようになっていましたから」

（瀬尾さん）

自宅でリハビリ継続へ

脳卒中で倒れたときから比べれば、僕の身体機能は大きく回復しましたが、職務復帰するにはまだリハビリが必要でした。

とくにしゃべる能力を高めるのが、大きな課題でした。僕自身、みんなに話したいことや伝えたいことがいっぱいあるので、もっともっと話せるようになりたい。しかし復職するレベルには足りない。そんな焦りがありました。

鈴木暁《さとる》医師は僕の回復について、こんな風に話しています。

「転院してきたときと比べると、身体を動かすことに関しては非常によくなりました。退院時に心配したのは、『大丈夫です』『もちろん できる』などの2語レベルでしかしゃべれなかった点です。それは学長という、話さなければいけない立場だからです。あと、別府で一人で暮らしたいという意向も心配でした。何かあって助けが必要なときに助けられないと、そのままアウトになってしまう可能性がありますから。
ただ、出口さんの人生が普通の人と違うのはこの点です。普通なら『障害があるのに一人で生活するなんて、自分には無理！』と思うわけですが、そうは考えない。多くの人が限界はここだと決めてしまうところで、違う風に自分で考える。だからいろいろなアイデアも出てくるのでしょう。しかし、医学的にはやはり何かあったときが心配です」（鈴木医師）
僕が想定していたイメージよりも回復の度合いは遅く、8月〜9月を目途にしていた復職の予定は延期し、年内は引き続き自宅でリハビリに専念することになりました。

僕は少しがっかりしましたが、歴史の進化のことを考えていました。歴史は単純な上昇曲線でとらえてはいけないのです。「3歩進んで2歩後退」を繰り返しながら、結果として少しずつ進化していく。僕のリハビリも「歴史の進化のようなものやで」と思い直したのです。

【参考文献・資料】

一般社団法人　日本リハビリテーション医学教育推進機構／一般社団法人　回復期リハビリテーション病棟協会／一般社団法人　地域包括ケア病棟協会／公益社団法人　日本リハビリテーション医学会監修　久保俊一／三上靖夫総編集『回復期のリハビリテーション医学・医療テキスト』医学書院

立命館アジア太平洋大学「学長病気療養の延長について」

https://www.apu.ac.jp/home/news/article/?storyid=3289

第７章

自宅への帰還から　ＡＰＵ学長復職まで

「しゃべる」リハビリに集中

あっという間に退院の時を迎えました。嬉しい気持ちと寂しい気持ちが入り乱れた複雑な心境でした。もう少し言語能力が高くなってから退院したいという心残りがあったのです。僕は6ヵ月間のリハビリ病院入院を終えて、晴れて8月10日に東京の自宅へ戻りました。

妻は僕の好きな肉料理をたくさんつくってくれました。入院期間は新型コロナウイルスの影響で家族と会う機会は限られており、会えるのは1ヵ月に1回、30分だけでしたから、感慨もひとしおです。

ここからは、自宅でリハビリに取り組む日々がはじまりました。

前に脳卒中患者の経過は発症直後の治療段階である急性期、機能回復のためにリハビリテーションを受ける回復期、そして日常生活に戻る段階の生活期の3つに分けられると説明しました。

生活期、すなわち自宅に戻ってからのリハビリには、病院や診療所の外来で行う外来リハビリテーション、デイケアセンターなどで行う通所リハビリテーション、そして自宅に療法士が訪問して行う訪問リハビリテーションが提供されています。

僕は原宿リハビリテーション病院の訪問リハビリテーションを利用しました。言語聴覚療法に関しては引き続き、瀬尾沙記江さんが担当してくれることになりました。

退院してから3ヵ月以内は、週に4時間訪問リハビリが受けられますが、その後は週に2時間と半分に減少します。

この時期のリハビリは、復職に向けしゃべる力の向上に重点を置くことにして、4時間のうち2時間を言語聴覚療法、1時間を理学療法、1時間を作業療法という配分で進めることになりました。

「退院した日に私もご自宅を訪問したのですが、やりたいことがどんどん湧き出てくる感じでした。病院でお話をしたときは、基本的に自宅内は車いすで移動することでご納得していたのですが、帰宅したらやはり立ちたい、歩きたいとおっしゃり始めて、こんなにストップがかからない出口さんは見たことがないくらいの勢いで立とうとしていました。

そのときは『明日来る予定の理学療法士に見てもらってからにしましょう』といって抑えてもらいました。私たちスタッフのことは信用していただいていたので、その方針通りリハビリをやってきましたが、やはりあきらめたくない気持ちもあったのだと思います。なので、理学療法では当初の予定になかった屋外を歩く練習もはじまりました。自宅に帰って気持ちが変わったのか、もしかすると秘めていた気持ちがあふれ出たのかはわかりませんが、傍からはそういう心境の変化が見えました」（瀬尾さん）

実際家に帰った当初の僕は、自分自身が驚くほどに興奮していました。「自由に移動する楽しさ」を取り戻し、あらゆる場所に出かけたくなったのです。早速、銀座や丸の内、それから映画館にも出かけました。また別府のAPUの構内にも思いを馳せました。構内から見える別府市内の街並みを眺めたり、鮮やかな緑に彩られたキャンパスを学生たちと散策したくなりました。

母音を自然に発する練習

自宅での言語聴覚療法の時間は、それまで行っていたプリント宿題をはじめ文字を使った訓練は一切なしにして、全体構造法一本でリハビリを進めました。

これは瀬尾さんが全体構造法の勉強会に参加して、いろいろアドバイスを受けた上で立てた方針でした。

「ちょうどこの頃から学会の勉強会に参加できるようになったので、出口さんの承諾を得たうえで、症例検討の形で経験が豊富な先生方のご指導をいただきながらリハビリを進めていきました。

しゃべっている映像を見てもらったところ、『母音の高低の切り替えがあまりできていない』、『地声が出ていないのでは』と、私が考えていた以上に基礎を完璧にしたほうがよいとのアドバイスを受けました。そこで出口さんには『もっと前進するために、もう一回基礎の部分をやらせてください』と提案したところ、何の不満もいわずに任せてくれました。本人からするとレベルが下がってしまっ

たのではないか、という印象を受けるかもしれないと心配もしたのですが、それは杞憂で終わりました」（瀬尾さん）

たとえば左腕を胸からのびのびと大きく外に広げながら「あーー、あーー、あーー」と伸ばす音を出したり、左腕を小刻みにちょっとずつ広げながら「あっ、あっ、あっ」と区切る音を繰り返したり、言葉をつかむために、身体を動かしながら母音を発する練習を繰り返しました。

母音をいえるようになったら、その母音をさまざまなプロソディにのせて発声する練習と、本当にしゃべることに関する土台から練習を行いました。僕は瀬尾さんの指導にしたがって、一所懸命取り組むだけです。

花鼓を活用した言葉のリハビリ

問題は自主トレです。リハビリ病院に入院していたときと比べ、療法士の訓練を受けられる時間はかなり少なくなるので、自主トレがより重要になります。

そこで瀬尾さんが用意してくれたのが「花鼓ＳａａＳ」というオンラインサー

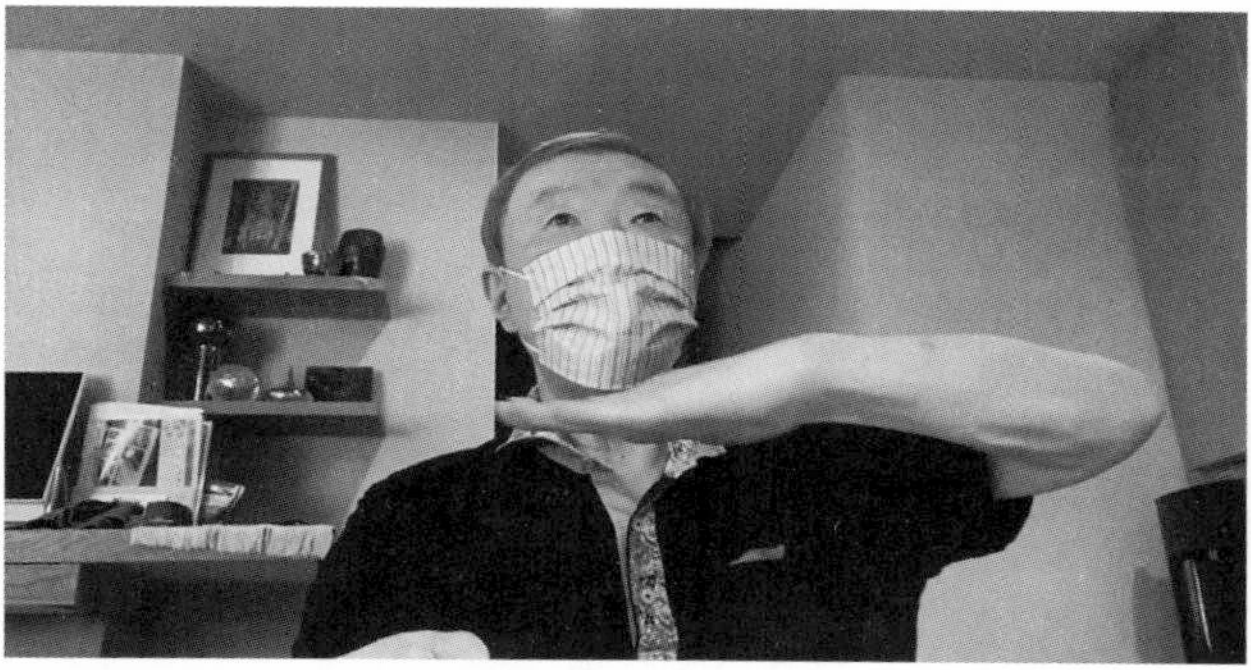

退院後も自宅で「花鼓」（失語症言語訓練支援サービス）で母音発声の練習を続けます。「いー」と伸ばすときは腕を水平に大きく横に引き、「いっ」などはすばやく横に引きます。次は「いーい？」など母音だけを使った表現です。声が大きくはっきりしてきました。

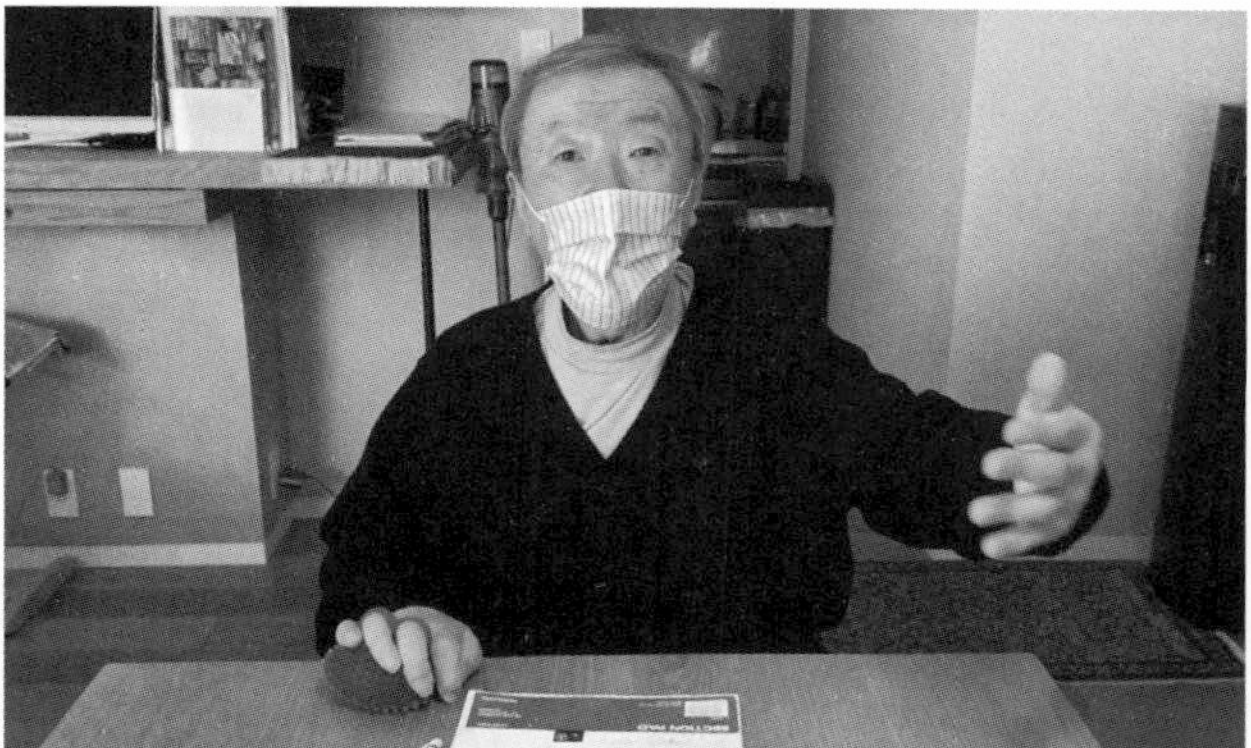

自宅での自主練習は療法士が週に２回リハビリで来た際に、その成果を確認します。この日は、「あ」を大きないい声で出すようにと指示をされます。退院後はガラガラ声が強かったそうですが、徐々に地声が整ってきたそうです。

ビスです。これは全体構造法に基づいた失語症の言語リハビリ訓練を提供するもので、日本全体構造臨床言語学会が監修をしています。

セールスポイントは、パソコンやタブレットを使って視覚や聴覚、触覚に統合的に刺激を与え、「ことば」や「ことばに結び付いている概念」を再構成していく点です。具体的には写真やイラスト、アニメーションで視覚に、ナレーションと特定周波数刺激で聴覚に、振動刺激で触覚に刺激を同時に与え、複数の感覚器を通した刺激で言語機能を呼び戻すことを目指しています。

訓練内容は重度訓練と中軽度訓練に分かれ、さらにそれぞれが段階別に構成されていて、能力に合わせたレベルを選んで訓練ができるようになっています。

要は言語聴覚士がいなくてもオンラインで課題が出され、一人で自主トレができるサービスです。僕は重度訓練からスタートし、ずっと練習を繰り返しました。

「花鼓ＳａａＳは最初の１ヵ月間、無料サービス期間があり、まずそれを利用してもらいました。その期間で出口さんに対するリハビリとしてとても適していると判断したため、当院に失語症に対するリハビリツールとして導入をし、改めて出口さんにも自主リハビリ用として提供しました。ただ見て聞いているだけでも言葉を出すときのイメージにつながる内容なので、とてもよい自主トレになったのではないかと思います。

ご自宅での自主トレなので、私は練習の様子を直接拝見していませんが、奥様からは『一日中、何かしら声を出して練習しています』とお伺いしました。自主トレの意欲が出やすく、他の失語症の患者さんにもお勧めしやすいサービスであることがわかったのも収穫でした」（瀬尾さん）

舌と口輪筋の筋トレ

一方、退院し自宅に戻ってから明らかになった問題もありました。口や舌の麻痺による影響で、食事で食べこぼしが出るようになったのです。

病院では食事メニューが患者向けで、かつ食べる時間もゆっくりだったので、食べこぼしが気になるようなことはありませんでした。しかし自宅では食事の内容が普通であり、食べる時間も病院ほどゆっくりはしていないので、どうしても

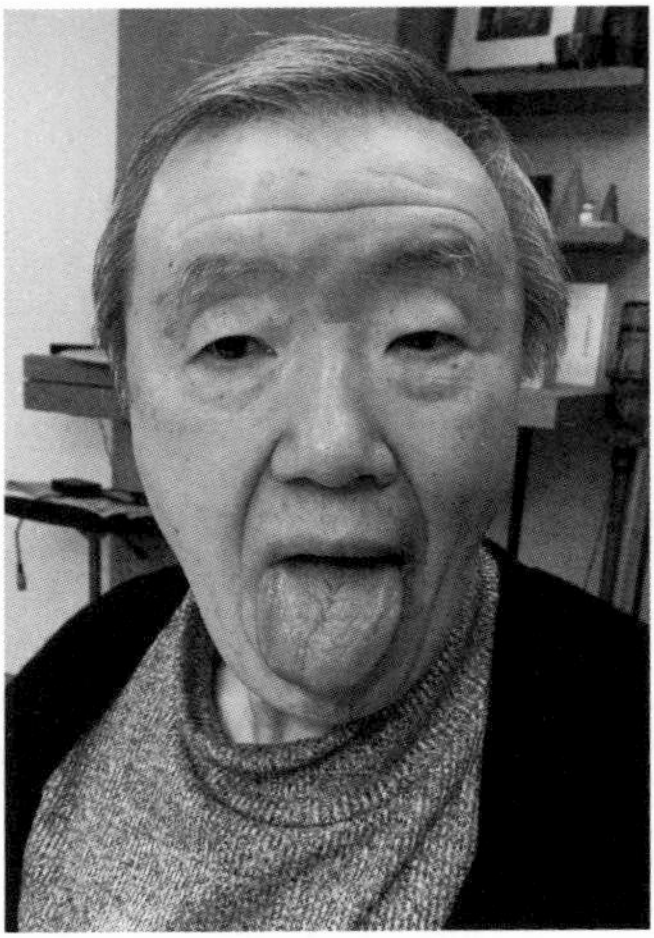

自主トレメニューとして「ペコぱんだ」も利用しました。舌でトレーニング部をペコペコと押しつぶします。口の右側にも麻痺があり構音障害を起こしていました。そのリハビリ効果もあったようです。

食べこぼしてしまいました。そこで開始したのが口や舌のトレーニングです。

取り組んだのはペットボトルを口でくわえて持ち上げる、それも歯を使わず唇をすぼめた状態で持ち上げて口輪筋《こうりんきん》を鍛える筋トレや、口のなかで舌を回したり、頬をふくらませて押したりするトレーニングです。

加えて、「ペコぱんだ」という舌の運動機能を強化する自主トレ用の器具を使ったトレーニングも行いました。

ペコぱんだは持ち手部、位置決め部、トレーニング部で構成されており、口にくわえて舌でトレーニング部をペコペコと押しつぶす動作を繰り返し、舌の力を鍛えるものです。

ペコぱんだには複数の硬さが用意されていて、最初は硬目のものを用意してもらいましたが、僕には硬すぎました。そこで柔らか目のものに変更してもらい、自主トレメニューの一つとしました。

言葉が出ないのは失語症だけではなく、口も右側に麻痺があり、舌を伸ばすときに曲がってしまい発音がきれいにできないという構音障害の影響もあったので、ペコぱんだはそのリハビリにもなりました。

急速に伸びはじめた「しゃべる力」

退院後、しゃべること、全体構造法を中心にシフトした自宅でのリハビリの成果は、意外と早く目に見える形で表れました。

「しゃべる力に関しては、退院してから1ヵ月の間で急激に伸びました。まだ退院したばかりの頃はなかなか言葉が出てこなくて『あー』、『えーっと』というのが強かったのですが、発話の量が増え、質も高まりました。リハビリ期間を通じ、この時期が一番しゃべる力が伸びました。スタッフは変わっていないので、リハビリ内容を全体構造法に集中したのがよかったのだと思います。

自主トレに関して、こちらからは『たくさんやってください』といった声かけはしていません。むしろ頑張り過ぎて、本当に一日中やってしまうので、『疲れた状態で取り組んでもあまり身に付かないので休みながら行ってください』と、逆に抑制するほうで声かけをしました。ただ、口の筋トレは休んでしまいがちだったので、そちらは意識してやってくださいとお伝えしました」(瀬尾さん)

早くしゃべれるようになりたいし、他にすることもありませんから、自ずと自主トレを行う時間は増えました。「花鼓」で出される訓練コンテンツの数はたくさんあるのですが、気が付けば1周、2周とやって内容も覚えてしまったくらいです。

オンラインサービスを使った言語聴覚療法の自主トレーニングは、1日に6〜7時間くらい取り組んだでしょうか。しゃべる練習に疲れたら、本を読んで過ごしました。

一方、生活の面では自立した生活を送れるようになりました。着替えは自分で行い、食事のときは車いすではなく歩いて食卓へ行く。歩くときは左手で杖を使いますが、右手に麻痺があるため、両手がふさがってしまうのと同じ形になるのでちょっと不便ですが。

苦労したのは靴下を穿くことですが、これも訪問リハビリの作業療法士と練習してできるようになりました。

最難関のシャワーは最初、ヘルパーさんの助けを借りていましたが、だんだん付き添いの回数を減らし、一人で浴びられるようになりました。

徐々にですが、一人暮らしへの自信がつき始めたのもこの頃です。

僕はまた、クラシックを聴く時間も持てるようになりました。僕はイシュトヴァン・ケルテスが指揮をしたブラームスの交響曲第四番が大好きです。友人は「第三番が好きだ」と言っていました。そんな会話を思い出しながら、ブラームスにシューマンが与えた影響などを懐かしんでいました。シューマンは若いブラームスの才能を高く評価しており、ローベルトとクララのシューマン夫妻と交流があったブラームス。恩師であるシューマンに尊敬の念を抱いていたブラームスですが、第三番はクララへのラブレターでもあったそうです。第三楽章では3人の関係がその旋律に込められているということです。人間のコン・アモーレ（深い愛情）だな、と甘い感慨に耽る余裕も出てきました。

自宅から東京キャンパスへ通勤を開始

大学の校務に関しては、退院し自宅に戻ってから少しずつ復帰をはじめました。仕事の内容は、学長としての意思決定です。たとえば人事について、部下からあがってくる案について決裁するといった仕事です。

実際、どの程度回復するかはわかりませんから、APUでは、僕の状態を見守るしかなかったと思います。

それに対して僕は実際に少しずつ仕事を再開して、どの程度業務ができるかを確認していった形です。

12月に入った頃には、試験的に東京駅に隣接するオフィスビルにあるAPUの

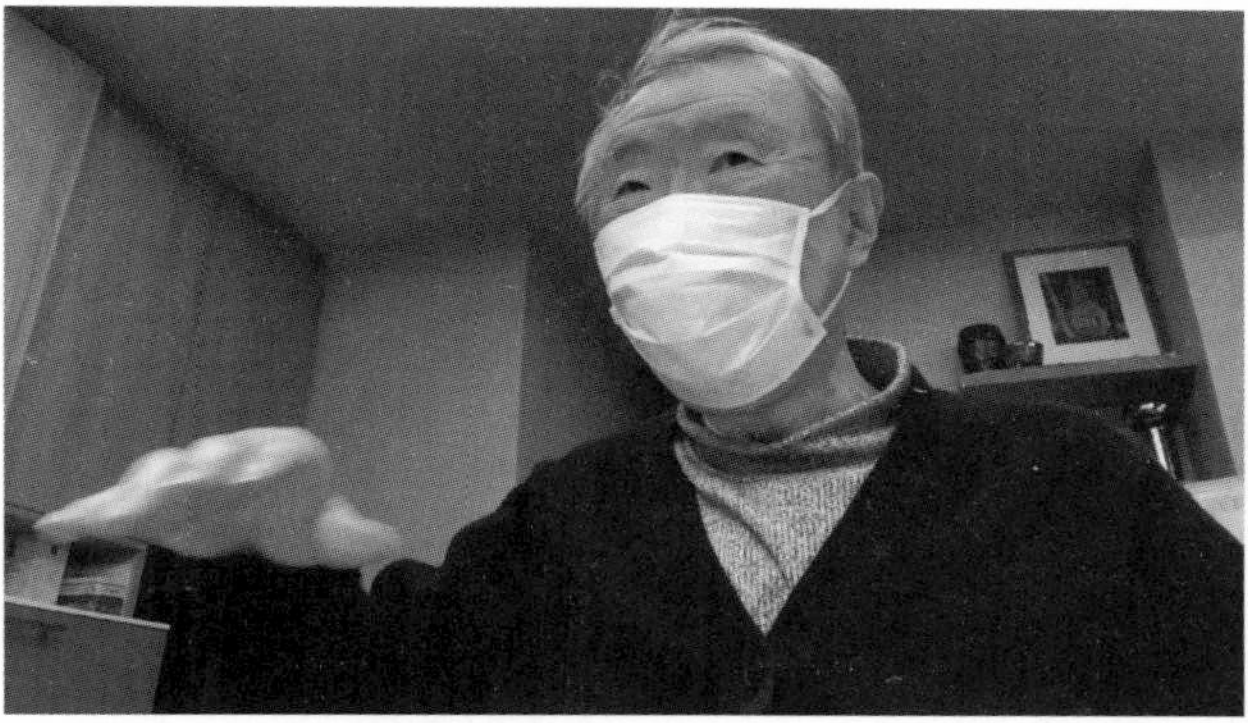

日常生活の行動や動作も上手に行えるようになりました。散歩も自由に電動車いすで行けます。療法士に「昨日はどういうルートで車いすで散歩されたかを教えてください」と尋ねられ、「東京駅から有楽町の第一生命のあるビルまで行きました」とはっきりと答えました。

東京キャンパスに一人で電動車いすで出かけました。

自宅から最寄り駅まで移動し、通勤電車に30分ほど乗って東京駅で下車し、ビルのセキュリティを通過して、8階にある東京キャンパスへエレベーターで昇る。実際にやってみると全部で1時間弱の行程で、大きな問題はありませんでした。

これなら自宅から東京キャンパスへの通勤はできそうです。

そこで年が明けた2022年1月から東京キャンパスへの出勤をはじめ、4月には別府に戻ることを目指してリハビリを続けるというスケジュールを立て、12月23日付のプレスリリースで発表しました。

東京キャンパスでは引き続き大学の意思決定業務や会議へのオンライン参加、取材対応などを行いました。仕事の量としては、通常の学長業務の半分くらいです。

ここまできたら、リハビリにもより力が入るというものです。4月の入学式に出席し、学生や教職員の前で祝辞を述べる。これが当面の目標でした。

1月に入ってからは瀬尾さんの指示で、自主トレで使用している「花鼓」を重度訓練だけでなく、よりレベルの高い中軽度訓練も練習するようになりました。これはしゃべる力がステップアップしているということでもあり、めちゃくちゃ嬉しくなりました。

「全体構造法の勉強会では訓練内容や普段の会話の様子を動画で紹介し、質疑応答しながら訓練の方針や内容を相談させてもらっていました。退院時の動画をお見せしたときは『声がガラガラで何をいっているのか聞き取れない』と指摘されましたが、1ヵ月、2ヵ月と経過を追っていくごとに『しゃべる力がとても伸びている』といわれるようになりました。

訪問リハビリに入る前は正直、入院中と比べてリハビリの時間が大幅に減ってしまうので、それほど大きな伸びは期待できないのではないか。だから入院中に頑張らないといけないと思っていましたが、出口さんを見ていると自宅に戻ってからもどんどん伸びる。あきらめる必要は全然ありません。もともと失語症のリハビリは数年スパンでもあるので、自主トレを含めしっかり続けることが大切だと改めて認識しました」（瀬尾さん）

僕は講演で「これをなし遂げたい」という強い思いがあれば、人間はなかなか死なないものだと皆さんに語ってきましたが、まさに自分がこの言葉を実行しているようです。

元気を取り戻す

こうして退院後もリハビリを続けた結果、計画通り別府のAPUへ復職し、4月1日の入学式に登壇し祝辞を贈ることが決まりました。

原宿リハビリテーション病院と、僕のリハビリに関わってくださったスタッフの方たちには感謝の言葉以外思いつきません。

僕の生活を一番よく見ていた市來《いちき》里美さんは、こんな風に振り返っています。

「大学の学長というと私たちからすると未知の世界ですが、出口さんと関わっていくうちに、そこへ復職したいという気持ちや目的は強く伝わってきました。入院時は正直、復職は厳しいかなと思いましたが、経過を追うにつれ、時間をかければ身体の機能は戻っていくのではないかという気持ちが持てました。ご本人の意欲と頑張りがけた違いに素晴らしいものだったので、退院する頃にはこちらも応援している感じになっていましたね。

病院ではいつも笑顔でいるので、どのスタッフもよく話しかけていました。一度『落ち込まないんですか』と尋ねてみたことがあるのですが、はっきりと『落ち込まない』と言っていたのが印象に残っています。理由までは聞いていませんが、『今回の病気だけではなく、これまでも落ち込んだことはない』と。それと、『リハビリに関して、あなたたちはプロだからお任せします』と一任してくれて

いたので、私たちも頑張らないといけないという気持ちにさせてもらいました」（市來さん）

脳卒中で障害が出ても落ち込まない患者は、珍しいそうです。樗木《おてき》慎也さんもこう振り返っています。

「理学療法は身体を使うので、うまくいかなかったときは言葉を選びながら『いまのはできていません』とお伝えするのですが、出口さんは落ち込んだことがありません。これはいままで私がリハビリを担当した患者さんで、他に例がありません。絶対に落ち込む場面があるので、とても印象に残っています。

あと、リハビリでは患者さんが療法士の指導を受け入れられず、ケンカのようになる場合もあるんですが、それもありませんでした。『こんなことはできない』と拒否されたり、逆にその時期ではないといくら説明しても『もっと歩きたい』と言われたりする場合があるのですが、出口さんは私たちの言うことに対してはすべてイエス。訓練でノーと言われたことはありませんでした」

落ち込むどころか僕は、学長復帰と重ねて、日本の障害者への対策が不十分なことを社会に伝えたいと考えていました。障害を持つ者への優しい社会づくりの提案です。学生時代から常に意識してきた人々が「自由に楽しい生活を送れる社会」の大切さを強く訴えようと思いました。僕は元気を取り戻したのです。

【参考文献・資料】

一般社団法人　日本リハビリテーション医学教育推進機構／公益社団法人　日本リハビリテーション医学会監修　久保俊一／安保雅博総編集『脳血管障害のリハビリテーション医学・医療テキスト』医学書院

アニモ「失語症言語訓練支援サービス【花鼓ＳａａＳ】（はなつづみ　サース）」
https://hana.animo.jp/guide/index.html

ＡＰＵ「出口学長の一部校務復帰について」
https://www.apu.ac.jp/home/news/article/?storyid=3313

お口の情報室「舌トレーニング用具　ペコぱんだ」
http://orarize.com/pekopanda/index.html

第 8 章

チャレンジは
終わらない

電動車いすで入学式の祝辞に登壇

２０２２年3月下旬、僕は電動車いすに乗って、別府のＡＰＵキャンパスへ復帰しました。およそ1年3ヵ月ぶりの「天空」です。

多くの教職員の出迎えを受け、僕が不在の間、学長代行を務めてもらった米山裕《ひろし》副学長から復帰祝いの花を手渡されると、目頭に熱いものがこみあげてきました。

そして4月1日、ＡＰＵは「２０２２年春入学式」を行い、新たに９１８名の入学者を迎え入れました。

入学者の内訳は33ヵ国・地域出身からなる学部生が国内学生６７５名、国際学生２１９名。16ヵ国・地域出身の大学院生が国内学生１名、国際学生23名です。また、交換留学生・科目等履修生の受け入れ数は18ヵ国・地域から国内学生45名、国際学生35名の計80名となっています。

この入学式で、僕は次のように祝辞を述べました。

祝辞

皆さん、入学おめでとうございます。心から歓迎いたします。

僕は、去年、脳出血で倒れましたが、早く別府市で皆さんと会いたい想いで、この1年間リハビリをがんばってきました。

今日、別府で皆さんに会えることを心待ちにしてきました。

ぜひ、皆さんは、APUでたくさんの人と出会い、本を読み、広い世界を旅して、いろんなことにチャレンジしてください。

僕もチャレンジを続けます。いっしょにチャレンジしましょう。

世界に平和な一日が一刻も早く訪れますように。

2022年4月1日　立命館アジア太平洋大学学長　出口治明

祝辞の内容はAPUのスタッフと一緒に考えました。実は久しぶりの登壇であがってしまい、言い忘れてしまったところがあるのが残念でした。しかしリハビりの甲斐あって、1年と少し前は「あー」とか「はい」くらいしか声を出せなかった僕が、大勢の聴衆の前でこれくらいしゃべれるようになりました。

言語聴覚士のチャレンジ成果

住居も東京から別府に引っ越しました。予定通り、一人暮らしです。ただし安全面や生活面を考えて、介護サービス付きの住宅に住んでいます。何かあったらすぐ駆けつけてもらえる態勢になっていますが、呼び出したことはまだ一度もありません。とても快適に暮らしています。

日々の生活パターンは、6時に起床して準備を行い、8時過ぎに電動車いすに乗ってタクシーで移動し、8時40分頃にAPU学長室に到着します。それから17時30分まで執務して18時頃に帰宅し、22時くらいに就寝しています。

大学では学長室のフロアを車いす対応に改修してもらい、毎日通勤しています。学長としての判断業務や会議への出席、来客の応対など、まだ倒れる前と同様のスムーズなコミュニケーションとはいかないので、大学職員にサポートしてもらいながら学長業務に全力で取り組んでいます。

祝辞で学生たちにいろんなことにチャレンジしようと呼びかけましたが、僕にとって脳卒中で倒れてからリハビリし、復職する過程はとても大きなチャレンジでした。

また、僕を担当した言語聴覚士の瀬尾沙記江さんにとってもチャレンジだったと先に述べましたが、彼女にも挑戦の成果があったそうです。

「出口さんを担当したのは、私にとって転機になりました。言語聴覚士は失語症のプロフェッショナルのはずですが、実は苦手意識を持っている人が多いのです。治していくのが難しいからです。もちろん皆、ちゃんと勉強してやっていますが、やはり脳が損傷してしゃべれなくなった人がまた元通りになるのは難しく、日常的に困らないよう代替的な手段を使う方向で考えていくのが一般的です。

しかし、出口さんの動画を病院のスタッフや勉強会でお見せすると、『こんなによくなるの?』と、衝撃を受ける人が多く、全体構造法のやり方に興味を持つ人も増えました。ベテランの先生方にも『これほど重度の人がここまでしゃべれるようになった例はいままで見たことがない。勉強になりました』と言っていただきました。出口さんの事例で今後、いろいろな失語症の方が救われるのではと思っています」（瀬尾さん）
僕にとって瀬尾さんは１００人に一人といない、卓越した言語聴覚士です。感謝してもしきれません。

パンデミックがチャンスを生み出す

２０２０年以来、新型コロナ禍で我々は多くの制限を受けるようになり、それが当たり前のような雰囲気もあります。しかもウクライナで戦争まではじまり、チャレンジしようといわれてもピンとこない人がいるかもしれません。

しかし歴史を振り返れば、感染症の大流行は世界で数多く起こってきました。30億年前から地球上に存在するウイルスは、たかだか20万年程度のホモ・サピエンスとは比べ物にならない大先輩です。

この大先輩は普段、森のなかに住んでいて、何らかの機会に動物を介して人間と出会います。つまり、パンデミックは自然災害なのです。超ド級の台風のようなもの、あるいは火山の大噴火や隕石の衝突と同じだと考えてもよいでしょう。ダーウィンの進化論によれば、こうした歴史的な大災害は予測不可能です。強い者や賢い者が生き残るのではなく、人間にできるのは運に頼り、適応するだけ。それがダーウィンの教えです。

一定の確率で起こり得るのは理解できるけれど、いつ起こるかは誰にもわからない。そして、歴史的な大災害が発生すれば、その後の世界が変わるのは当たり前の話です。

歳の近い友人が今回の新型コロナ禍について「自分が死んでから発生したらよかったのに」とぼやいていましたが、僕は逆です。こういう世界が見られて面白いと思っています。変化はチャンスです。

歴史的記録としてある程度のボリュームが残っている感染症は、14世紀のペスト、コロンブスなどヨーロッパからの入植により、アメリカ大陸にコレラ、天然痘、インフルエンザなどが伝播する一方、ヨーロッパに梅毒がもたらされた15世紀末からのコロン交換（コロンブス交換）、20世紀初頭のスペイン風邪の数回があります。

14世紀のペストでは、世界の人口4億人に対し死者が数千万人、コロン交換は人口5億人に対し数千万人。スペイン風邪のときは人口20億人で約5000万人の死者を出しました。

それに比べ今回の新型コロナウイルスはどうだったでしょうか。

『世界人口白書2022』によると、世界の人口は79億5400万人。一方、米ジョンズ・ホプキンス大学の集計では、2022年6月20日までに世界の新型コロナウイルス感染者数は累計で5億3895万人、死者は約631万人となりました。

前3回のパンデミックと比べ、人口が約80億人と大幅に増加しているにもかかわらず、今回は犠牲者が一ケタ少なく抑えられているのがわかります。

それで「コロナは風邪のようなもの。大したことはない病気だ」と言う人がいますが、大きな間違いです。

今回、新型コロナウイルスが急速なスピードで世界を席巻したのはグローバリゼーションのせいですが、同時に犠牲者がこれだけにとどまっているのもグローバリゼーションのおかげです。

たとえば小池百合子知事は東京にいながらにして、世界各地の感染状況をはじめさまざまな情報を瞬時に交換、共有できるので、いろいろな手を早く打てます。株価が下落しなかったのも、各国の中央銀行が連携して金融マーケットに資金を供給したからです。グローバルな協調が、コロナに対する人間のパワーとなったのです。

グローバリゼーションは止まらない

ウイルスは自分では動けないので、人や動物に乗って動きます。ですから人が世界中で交易をすれば、ウイルスも世界中を動く。

14世紀のペストも、貿易ルートを通じて拡大しました。元の初代皇帝であるフビライ・カアンが交易を重視し山賊や海賊をつぶしたことで、マルコ・ポーロなどの一般の市民がヨーロッパから現在の北京である大都まで行けるようになりました。フビライはグローバリゼーションを追求した人物といえ、これにより社会文明は大幅に進歩しました。

しかしこの頃から寒冷化がはじまり、人間の体力が弱った結果、あっという間にペストが流行しました。

ペストはいわば、グローバリゼーションのダークサイドでした。象徴的なのは、ペストがクリミア半島からイタリアに上陸した点で、これはモンゴルから続く「草原の道」です。

モンゴルから馬に乗ってクリミア半島まで来て、そこで荷物を積み替えて黒海経由で地中海に出る。まさにこの貿易ルートに乗ってペストはヨーロッパに感染拡大したのです。

ものごとには必ずダークサイドがあります。都合よく負の側面だけ消し去ることは、なかなかできません。

わかりやすいのは自動車です。自動車は人々の陸路移動を飛躍的に自由にしましたが、凶器となって死亡事故が発生するというダークサイドもあります。

世界で毎年135万人以上が交通事故で亡くなっていますが、ただし、「たくさんの人が事故死するから自動車を廃止しよう」といった動きにはなりません。ダークサイドより恩恵のほうがはるかに大きいからで、恩恵は享受しながら、さまざまな工夫でダークサイドはできるだけ小さくしていくという方向になっています。

グローバリゼーションも同じです。パンデミックが起こるから国境を越えた人やものの動きをなくそうなんて、そんなばかな話はありません。ダークサイドより恩恵のほうがずっと大きいのです。

新型コロナ禍前と後で世界は大きく変わる

新型コロナウイルスの流行は社会に不可逆的な変化をもたらし、中長期的にはコロナ前と後では、まったく異なる世界になるでしょう。

世界の歴史を紐解けば、パンデミックが歴史の転換点になった先例がみられます。イタリアでルネッサンスが起きたのはペスト流行の後であり、フィレンツェ郊外にペスト疎開した人々が語り合った話を集めたという設定の物語集、ボッカッチョの『デカメロン』を読むと、この時期に人々の価値観や人生観が大きく変化したことがわかります。

新型コロナ禍でもテレワークやオンライン会議が普及し、「自宅でも仕事ができる」、「物理的に集まらなくても会議ができる」と、働き方の認識は大きく変化しました。ITを駆使した働き方が選択肢の一つとなることは確実です。

そうなると労働時間にせよ勤続年数にせよ、できるだけ長く職場にいる、「ステイホーム」ならぬ「ステイオフィス」を評価のモノサシとしてきた職場の「オッサン文化」は駆逐され、日本の企業風土が一変する可能性が生まれてきます。

日本企業では、上司から「飲みに行こう」と誘われたら「はい!」と威勢よく返事をするのが正解とされてきましたが、ステイホームを経験して、みんな家族や友人と過ごす時間の大切さを痛感しました。一時的な揺り戻しはあったとしても、働き方改革はどんどん進んでいくと思います。

働く人のＩＴリテラシー向上と企業風土の変化は今後、ＩＴ化をさらに加速させ、結果的に世代交代が進むでしょう。それは若い人にとってのチャンス到来であり、チャレンジする環境がよくなったと捉えられるでしょう。

心配なのは、ウクライナで起きている戦争です。

「自由・平和・ヒューマニティ」を開学宣言に掲げ、世界中から学生が集い、お互いを認め合い尊重し合いながら共に学ぶＡＰＵとしては、今回のロシア軍のウクライナ侵攻は決して容認できません。

また、ロシアから核兵器の使用を示唆するかのような言動もありましたが、人類全体の安全に対する危険な挑戦であり、絶対にあってはなりません。

戦争は一刻も早く終わって欲しいと願っていますが、いつ終わるかはまったくわかりません。もともとロシアはクリミア半島と東部2州を支配したいと考えていたので、時間がかかっても徹底的にやると考えられますが、時間がたつにつれ、ロシアのほうがウクライナよりも戦争コストが上がってきます。するとロシアはいずれ戦えなくなる可能性がありますが、それがいつになるのかはわかりません。

戦争によって多くの若者の学びの機会が失われてしまっているのは、とても悲しいことです。学校法人立命館では、ロシアによるウクライナへの軍事侵攻で教育や研究を続けられなくなった学生に対し、一時的に受け入れることを決定しました。ウクライナの未来を担う学生の皆さんに、できる限りの支援をしていきます。

私たちは紛争や戦争のない平和な未来の実現を目指し、これからも人材育成に努めていきたいと思います。ウクライナで起きている戦争に関してより多くのことを知りたい方には、『ロシア原初年代記』（國本哲男訳他・名古屋大学出版会）をお薦めします。

APUは「第2の開学」へ

APUは学生のチャレンジを後押しするだけでなく、大学自体でもこれからさまざまなチャレンジを行っていきます。

APUが目指す将来像はすでに「APU2030ビジョン」として、是永駿《これながしゅん》前学長が策定しています。その骨子は「APUは世界に誇れるグローバル・ラーニング・コミュニティを構築し、そこで学んだ人たちが世界を変える」です。

この志高いビジョンを実現するには、どのような行程で進んでいけばよいか。そこで2021年度から10年間にわたり取り組む中期計画として策定したのが「チャレンジ・デザイン」です。

これは「多文化共生キャンパス」、「グローバル・ラーニング」、「地域連携」という3つの重点目標と、グローバル・ラーニング・コミュニティを支える組織基盤の構築など、6つのアクションプランから構成されています。

そして最も大きな取り組みとして、「2023年4月改革」を実施します。

開学以来、APUは2学部体制でやってきましたが、2023年4月からは現在のアジア太平洋学部、国際経営学部に、第2章でふれたサステイナビリティ観光学部を加え、3つの学部体制で教育と研究の領域を強化・拡大し、新たなスタートを切る、まさに「第2の開学」です。

アジア太平洋学部は社会や文化、政治経済、交流を通じた「平和と相互理解」、国際経営学部はビジネスを通じた「インクルーシブで革新的な組織と社会」、サステイナビリティ観光学部は持続可能な開発と観光を通じた「持続可能な社会」の実現を、それぞれのコアバリューと位置付けました。

これら各学部の高い専門性と、APUの多文化・多言語環境で養われる国際通用性の組み合わせのなかで学ぶことを通じ、学生は日本や世界のどこにいても活躍できる強みを培っていきます。

定員数も1学年あたり150名増やし、人員規模の拡大に対応するために、新しい教学棟と学生寮である新APハウスの建設に着手しました。新教学棟は、大分県産の木材を大胆に使い、これまでにない学び舎を造ります。

学生寮は既存のAPハウスと合わせて、合計1571室になります。これまでは新入生の入寮希望者全員を収容する居室数がありませんでしたが、この新APハウス棟建設により、新入生で入寮を希望する学生はほぼ全員入居できるようになります。

APU2030ビジョンの「APUで学んだ人たちが世界を変える」をもう少し具体的に言い換えると、「APUで学んだ国際通用性のある人材が、世界のあらゆる場所で、世界をより良く変える中心となって活躍している」といえます。

この状態を現実につくり出し、ＡＰＵがこれまで開学以来の取り組みで獲得した「日本の中で最も国際的な大学」という評価をさらに高め、２０３０年には「世界の中で最も国際的な大学」と評価される存在になることを目指す、まさに「第２の開学」にふさわしいチャレンジです。僕個人もワクワクしています。

懸案だった留学生の入国制限問題も、22年3月の規制緩和により、6月には3月以降に来日した留学生が１０００人を突破しました。

これを受けて、ＡＰＵでは新型コロナ禍の影響で対面の入学式に出席できなかった20年から22年入学の学生を対象に、歓迎イベント「Welcome to Your New Home 2020－2022」を6月8日に開催しました。

イベントには５２０人の学生が参加し、僕は開会式で「大学でたくさんの人と出会い、いろんなことにチャレンジしてください」とあいさつしました。

ちなみに１０００人目となったのは、6月4日に入国したマレーシアとミャンマーからの留学生2名で、大学から記念品を贈呈しました。

ただ、イベント時点でまだ日本に入国できず母国で待機している学生がおよそ150人いるので、できるだけ早く入国できるよう引き続き支援を続けていきます。

あらゆる人が生きやすい社会づくりを

僕個人としても、やりたいことがたくさんあります。

突然の脳出血で右半身の麻痺と言語障害が出て、リハビリ生活を送った経験から僕が学んだこと、はじめて気が付いたことはたくさんあります。今後はこれらについて世の中に発信し、問題提起をしていこうと考えています。

身体に障害が出ると肉体的に以前と同じようには動けなくなりますが、障害者の制約となるのは個人の身体機能だけではありません。バリアフリーの不備をはじめ、社会や環境の在り方によってもさまざまな「障害」が生みだされてくるのです。

たとえば出勤のため、車いすで山手線を利用するとしましょう。山手線の車両は11両編成で、各車両には片側4つの乗降口がついています。

つまり、11両×4つで合計44の乗降口が駅に着くと開閉しますが、駅職員の介助なしに車いすの乗客が自力で乗り降りできるのは6号車と7号車の4番ドアのわずか2ヵ所しかありません。車両と駅プラットフォーム間のすき間や段差といった問題があり、その対策が必要だからですが、車いすの使用者は移動が制限されてしまいます。せめて自力で車いすが利用できる乗降口を2倍の4車両とし、いずれは10車両へと拡大してほしい。赤ちゃんも同じことです。

一方、障害者の移動はコストが高くつくという別の問題もあります。たとえば僕はいま、自宅と大学の往復（タクシー代）に毎日1万円ほど費用がかかっています。これだけ移動にかかる負担が重ければ、行きたいところがあっても出かけるのをやめてしまう人もいるでしょう。

こうした物理的、あるいは環境的な障壁が、障害者の行動や、ひいては人生の足かせになっています。また、それらの障壁が存在する背景には、「障害をもっているのだから仕方がない」といった、人々の意識の面での障壁もあると思います。

しかし、やりたいことや行きたいところはいっぱいあるのに、なぜ障害があるからといって我慢しなければいけないのか。こんな理不尽な話はありませんが、そうした現状があることを自分の身をもって感じました。

昔に比べれば、バリアフリーの整備はかなり進んでいます。障害者やバリアフリーに関する法律が整備され、鉄道駅のエレベーター設置や段差解消をはじめ、公共交通施設や地域の一体的なバリアフリー化やユニバーサルデザインの導入が推進されてきました。しかし、まだまだ取り組むべき課題はたくさんありますから、社会的な障壁の解消推進に、一人の障害を持つ者として挑戦していきたい。

僕が患った脳卒中はかつて日本人の死亡原因の1位でしたが、近年は死亡率が減少し、がん、心疾患、老衰に次ぐ4位になっています。

ただし、これは医学の進歩によって亡くなる患者が減少したことが大きく、厚生労働省の患者調査によると、脳血管疾患で継続的な治療を受けていると推測される総患者数は2017年の段階で111万5000人にものぼります。

脳血管や循環器系の疾患は、加齢とともに患者数が増加する傾向があります。

病気を予防できるのが一番ですが、これから高齢者人口が増えていけば、どうしても脳卒中などで障害を持つ人は出てくるでしょう。となれば、その対策は急務です。

しかもさまざまな社会的障壁を取り除くことは、障害者や高齢者の社会参加を促すだけでなく、障害の有無や年齢などにかかわらず、あらゆる人々が生きやすい、暮らしやすい社会づくりにつながっていくでしょう。

ＡＰＵだけでなく、僕自身のチャレンジもまだまだ続きます。

「知識は力なり」をモットーに、これからも「迷ったらやる」を実行していきます。

【参考文献・資料】

ＡＰＵ「２０２２年春　入学式」
https://www.apu.ac.jp/home/news/article/?storyid=3332
大分合同新聞「大学運営への情熱薄れず　出口ＡＰＵ学長が4月から本格復帰」２０２２年3月26日
国連人口基金駐日事務所「世界人口白書２０２２」
https://tokyo.unfpa.org/ja/SWOP2022

読売新聞「世界のコロナ感染者数が累計5億人超す…２か月で1億人増、収束見通せず」２０２２年4月13日
https://www.yomiuri.co.jp/national/20220413-OYT1T50064/
日経ＸＴＥＣＨ「ＡＰＵ出口治明学長が語る問題の骨格『パンデミックが人類史を前に進める』」
https://xtech.nikkei.com/atcl/nxt/column/18/01296/060100030/
日経ビジネス「出口治明の『５０００年史』講座　＃５グローバリゼーションが生んだペストの大流行」
https://business.nikkei.com/atcl/seminar/20/00002/022500019/
出口治明「リモートが『オッサン文化』を破壊する」文藝春秋２０２０年７月号
ＡＰＵ「ＡＰＵの新たな挑戦―２０３０ビジョン『ＡＰＵで学んだ人たちが世界を変える』実現に向けた２０２３年度の新学部開設とＡＰＵ教育の強化」
https://www.apu.ac.jp/home/news/article/?storyid=3305
ＡＰＵ「２０２３年に向けた教学棟および国際教育寮ＡＰハウスの新設」
https://www.apu.ac.jp/home/news/article/?storyid=3312
永谷薫「列車とホームの隙間埋める『秘密兵器』の開発者」東洋経済オンライン
https://toyokeizai.net/articles/-/426155
国土交通省総合政策局バリアフリー政策課「公共交通機関の旅客施設に関する移動等円滑化整備ガイドライン」
https://www.mlit.go.jp/sogoseisaku/barrierfree/content/001475237.pdf
厚生労働省社会・援護局障害保健福祉部「平成28年生活のしづらさなどに関する調査（全国在宅障害児・者等実態調査）結果」
https://www.mhlw.go.jp/toukei/list/dl/seikatsu_chousa_c_h28.pdf
内閣府「令和３年版　障害者白書（全体版）」
https://www8.cao.go.jp/shougai/whitepaper/r03hakusho/zenbun/index-w.html

厚生労働省「平成29年（２０１７）患者調査の概況」
https://www.mhlw.go.jp/toukei/saikin/hw/kanja/17/index.html
厚生労働省「循環器病対策推進基本計画」
https://www.mhlw.go.jp/content/000688359.pdf
内閣府「バリアフリー・ユニバーサルデザイン推進要綱」
https://www8.cao.go.jp/souki/barrier-free/20barrier_html/20html/youkou.html
ＡＰＵ「歓迎イベント『Welcome to Your New Home 2020-2022』開催」
https://www.apu.ac.jp/home/about/content46/R2022_06_01.pdf
読売新聞「ＡＰＵ、留学生らを歓迎　水際対策緩和、１０００人来日」２０２２年６月９日
https://www.yomiuri.co.jp/local/oita/news/20220608-OYTNT50150/

復帰後の写真（3ページ）、復帰前の写真（31ページ）、自主トレ2冊の写真／江頭徹
APU内での復帰後の写真（4、5ページ）／Ari Shaw、井口昌哉（APU広報担当）
リハビリ中の写真（77、111、163、177、180、185ページ）、病院内の通路の風景写真／瀬尾沙記江（原宿リハビリテーション病院）
「えんぴつで」シリーズの写真／宮内健

講談社現代新書　2666

復活《ふっかつ》への底力《そこぢから》　運命《うんめい》を受《う》け入《い》れ、前向《まえむ》きに生《い》きる

二〇二二年七月二〇日第一刷発行

著者　出口治明《でぐちはるあき》　
発行者　鈴木章一
発行所　株式会社講談社
東京都文京区音羽二丁目一二―二一　郵便番号一一二―八〇〇一
電話　〇三―五三九五―三五二一　編集（現代新書）
〇三―五三九五―四四一五　販売
〇三―五三九五―三六一五　業務
装幀者　中島英樹／中島デザイン
印刷所　株式会社ＫＰＳプロダクツ
製本所　株式会社国宝社
定価はカバーに表示してあります　Printed in Japan

N.D.C. 914　214p　18cm
ISBN978-4-06-523950-6

「講談社現代新書」の刊行にあたって

教養は万人が身をもって養い創造すべきものであって、一部の専門家の占有物として、ただ一方的に人々の手もとに配布され伝達されうるものではありません。

しかし、不幸にしてわが国の現状では、教養の重要な養いとなるべき書物は、ほとんど講壇からの天下りや単なる解説に終始し、知識技術を真剣に希求する青少年・学生・一般民衆の根本的な疑問や興味は、けっして十分に答えられ、解きほぐされ、手引きされることがありません。万人の内奥から発した真正の教養への芽ばえが、こうして放置され、むなしく滅びさる運命にゆだねられているのです。

このことは、中・高校だけで教育をおわる人々の成長をはばんでいるだけでなく、大学に進んだり、インテリと目されたりする人々の精神力の健康さえもむしばみ、わが国の文化の実質をまことに脆弱なものにしています。単なる博識以上の根強い思索力・判断力、および確かな技術にささえられた教養を必要とする日本の将来にとって、これは真剣に憂慮されなければならない事態であるといわなければなりません。

わたしたちの「講談社現代新書」は、この事態の克服を意図して計画されたものです。これによってわたしたちは、講壇からの天下りでもなく、単なる解説書でもない、もっぱら万人の魂に生ずる初発的かつ根本的な問題をとらえ、掘り起こし、手引きし、しかも最新の知識への展望を万人に確立させる書物を、新しく世の中に送り出したいと念願しています。

わたしたちは、創業以来民衆を対象とする啓蒙の仕事に専心してきた講談社にとって、これこそもっともふさわしい課題であり、伝統ある出版社としての義務でもあると考えているのです。

一九六四年四月　野間省一

哲学・思想Ⅰ

66 哲学のすすめ——岩崎武雄
159 弁証法はどういう科学か 三浦つとむ
501 ニーチェとの対話——西尾幹二
871 言葉と無意識——丸山圭三郎
898 はじめての構造主義 橋爪大三郎
916 哲学入門一歩前——廣松渉
921 現代思想を読む事典 今村仁司 編
977 哲学の歴史——新田義弘
989 ミシェル・フーコー 内田隆三
1001 今こそマルクスを読み返す 廣松渉
1286 哲学の謎——野矢茂樹
1293 「時間」を哲学する——中島義道

1315 じぶん・この不思議な存在—鷲田清一
1357 新しいヘーゲル——長谷川宏
1383 カントの人間学——中島義道
1401 これがニーチェだ——永井均
1420 無限論の教室——野矢茂樹
1466 ゲーデルの哲学——高橋昌一郎
1575 動物化するポストモダン 東浩紀
1582 ロボットの心——柴田正良
1600 ハイデガー＝存在神秘の哲学——古東哲明
1635 これが現象学だ——谷徹
1638 時間は実在するか 入不二基義
1675 ウィトゲンシュタインはこう考えた 鬼界彰夫
1783 スピノザの世界——上野修

1839 読む哲学事典——田島正樹
1948 理性の限界——高橋昌一郎
1957 リアルのゆくえ——大塚英志 東浩紀
1996 今こそアーレントを読み直す——仲正昌樹
2004 はじめての言語ゲーム——橋爪大三郎
2048 知性の限界——高橋昌一郎
2050 超解読！ はじめてのヘーゲル『精神現象学』 竹田青嗣 西研
2084 はじめての政治哲学 小川仁志
2099 超解読！ はじめてのカント『純粋理性批判』 竹田青嗣
2153 感性の限界——高橋昌一郎
2169 超解読！ はじめてのフッサール『現象学の理念』——竹田青嗣
2185 死別の悲しみに向き合う——坂口幸弘
2279 マックス・ウェーバーを読む——仲正昌樹

哲学・思想Ⅱ

宗教

Ⓒ

世界の言語・文化・地理

F

世界史Ⅰ

知的生活のヒント

趣味・芸術・スポーツ

620 時刻表ひとり旅──宮脇俊三
676 酒の話──小泉武夫
1025 J・S・バッハ──礒山雅
1287 写真美術館へようこそ──飯沢耕太郎
1404 踏みはずす美術史──森村泰昌
1422 演劇入門──平田オリザ
1454 スポーツとは何か──玉木正之
1510 最強のプロ野球論──二宮清純
1653 これがビートルズだ　中山康樹
1723 演技と演出──平田オリザ
1765 科学する麻雀──とつげき東北
1808 ジャズの名盤入門──中山康樹
1890 「天才」の育て方──五嶋節
1915 ベートーヴェンの交響曲──金聖響 玉木正之
1941 プロ野球の一流たち　二宮清純
1970 ビートルズの謎──中山康樹
1990 ロマン派の交響曲──金聖響 玉木正之
2007 落語論──堀井憲一郎
2045 マイケル・ジャクソン──西寺郷太
2055 世界の野菜を旅する　玉村豊男
2058 浮世絵は語る──浅野秀剛
2113 なぜ僕はドキュメンタリーを撮るのか──想田和弘
2132 マーラーの交響曲──金聖響 玉木正之
2210 騎手の一分──藤田伸二
2214 ツール・ド・フランス　山口和幸
2221 歌舞伎　家と血と藝　中川右介
2270 ロックの歴史──中山康樹
2282 ふしぎな国道──佐藤健太郎
2296 ニッポンの音楽──佐々木敦
2366 人が集まる建築──仙田満
2378 不屈の棋士──大川慎太郎
2381 138億年の音楽史　浦久俊彦
2389 ピアニストは語る　ヴァレリー・アファナシエフ
2393 現代美術コレクター　高橋龍太郎
2399 ヒットの崩壊──柴那典
2404 本物の名湯ベスト100　石川理夫
2424 タロットの秘密──鏡リュウジ
2446 ピアノの名曲──イリーナ・メジューエワ

日本語・日本文化